I0613597

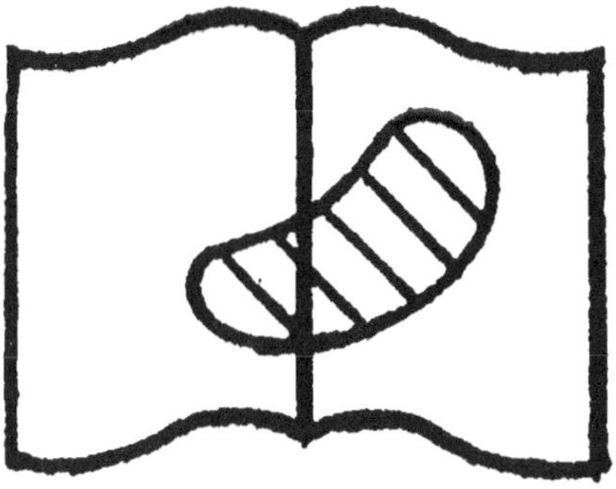

Illisibilité partielle

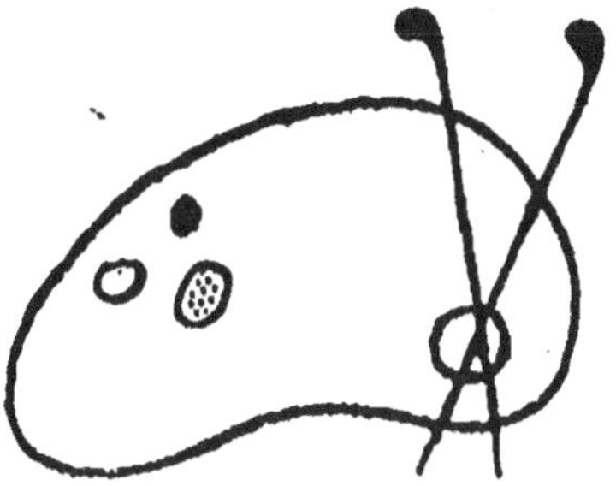

Début d'une série de documents
en couleur

VALABLE POUR TOUT OU PARTIE DU
DOCUMENT REPRODUIT

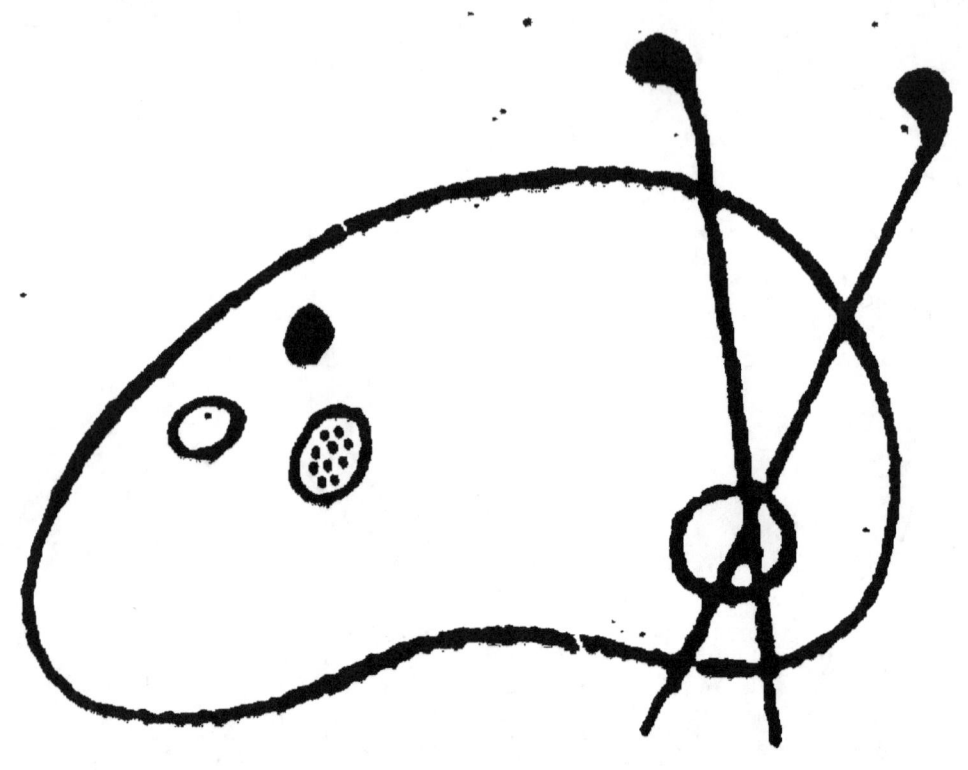

Fin d'une série de documents
en couleur

LE
CURÉ DE CHAVIGNAT

1re SÉRIE IN-8°.

Propriété des Éditeurs,

Mme GUIZOT

LE CURÉ
DE CHAVIGNAT

SUIVI DE

CAROLINE, — LA MÈRE ET LA FILLE. — LE DEVOIR DIFFICILE,
QUESTION DE MORALE,

ÉDITION REVUE.

LIMOGES
EUGÈNE ARDANT ET Cⁱᵉ, ÉDITEURS.

DÉPÔT LÉGAL.
HAUTE-VIENNE
N° 391
1878

LE

CURÉ DE CHAVIGNAT

———◆———

Le curé de Chavignat était un excellent homme;
les enfants l'aimaient beaucoup, parce qu'il les aimait. Il causait avec eux comme si c'eût été pour
s'amuser, et en s'amusant ils leur donnait de bonnes
leçons, dont à leur tour ils se divertissaient extrêmement, parce qu'elles étaient presque toujours accompagnées d'histoires qui les accoutumaient à faire des
réflexions sur eux-mêmes, sur la manière dont ils
pouvaient se corriger de leurs défauts, et le plaisir
qu'il y a à posséder de bonnes qualités. Toutes les
fois que le curé de Chavignat apprenait une histoire
de ce genre, il l'écrivait pour la donner ou la raconter ensuite aux enfants, à qui elle pouvait être utile.
Il allait très-souvent au château de Chavignat, où les
enfants le recevaient avec de grands témoignages

de joie, et où les parents le remerciaient sans cesse
des bontés qu'il avait pour leurs enfants.

Il s'aperçut un jour qu'en faisant son feston, Julienne, l'aînée des enfants, boudait parce que sa
mère l'avait grondée.

« Quand je vois, dit-il, une petite demoiselle avoir
de l'humeur contre sa maman, je tâche de me re-
présenter ce que ce serait si les mamans avaient
de leur côté de l'humeur contre leurs petites demoi-
selles.

» — Il serait singulier, vraiment, dit Julienne en
colère, que les pères et mères eussent de l'humeur,
eux qui sont les maîtres de faire tout ce qu'ils veulent! ce serait joliment juste !

» — On n'a donc de l'humeur que quand cela est
juste, mademoiselle Julienne? demanda le curé; je
ne le croyais pas.

» — Témoin madame Gonthier, notre concierge,
s'écria Amédée, qui ce matin, parce que son café
s'était renversé dans le feu, a grondé la fille de
basse-cour de ce que les œufs des poules étaient trop
petits.

» — Comme si, monsieur le curé, » dit le petit
Paul en élevant son doigt à la hauteur de sa figure,
« comme si c'était la fille de basse-cour qui faisait
les œufs des poules.

» — Oui, mon petit ami; et comme si votre maman donnait une croquignole sur le nez à mademoi-

selle Julienne parce que les abricots ne mûrissent pas cette année. »

Les enfants se mirent à rire, excepté Julienne, qui haussa les épaules, en disant d'un ton dédaigneux : « Heureusement qu'on n'a pas des parents aussi mal élevés que madame Gonthier.

» — Ah! ma belle demoiselle, reprit le curé, il y a, je vous assure, des gens à qui cela arrive. Et puis, ajouta-t-il, il se peut faire qu'une demoiselle très-bien élevée, comme mademoiselle Julienne, qui tout-à-l'heure donnait un coup de pied dans les jambes de son petit frère, parce que sa maman l'avait grondée; il se pourrait faire, dis-je, que, quand elle sera une dame, elle tirât les oreilles de sa petite fille parce que son domestique aura mal fait une commission.

» — Oh! dit Paul, elle ne m'a pas fait de mal, je me suis reculé.

» — Oui, dit le curé; mais quand c'est la maman qui tape, on ne recule pas si aisément. J'ai connu un jeune homme dont la tante avait aussi beaucoup d'humeur, et contrariait les uns quand elle était mécontente des autres. Je vous assure que le jeune homme ne trouvait pas cela du tout commode.

» — Oh! une histoire, une histoire! monsieur le curé, s'écrièrent à la fois les deux petits garçons; racontez-nous-la.

» — Je la raconterai, dit le curé en regardant Julienne du coin de l'œil, un jour où personne n'aura d'humeur ici ; car quelqu'un pourrait la prendre pour soi, et je ne veux dire de malhonnêtetés à personne.

» — Eh ! monsieur le curé, dit fort aigrement Julienne, racontez toujours votre histoire ; on la prendra comme on voudra.

» — Ma belle demoiselle, répondit le curé, quand je raconte une histoire, c'est pour qu'on la prenne comme je le veux. »

Julienne se tut ; car elle vit bien qu'elle avait dit une sottise. Le lendemain, dès que le curé arriva, les petits garçons ne manquèrent pas de lui demander l'histoire ; il ne se fit pas prier, il avait apporté son cahier. Il s'assit près de la table où travaillait Julienne ; elle n'avança ni ne recula sa chaise. Amédée plaça la sienne tout près de celle du curé, et le petit Paul se mit entre ses jambes, le nez en l'air et la bouche béante. Alors le curé lut ou raconta ce qui suit.

LES QUERELLES.

Louis entra un jour tout hors de lui chez sa mère ; ses yeux étincelaient de colère, toute sa figure exprimait le ressentiment.

« Je l'ai vu, il n'y a pas à dire, je l'ai vu, s'écria Marianne la cuisinière, qui entrait derrière lui et presque aussi échauffée : madame Ballier a voulu lui donner un soufflet, il s'est reculé heureusement; mais, s'il n'en a pas senti le vent...

» — Si ce n'avait pas été ma grand'tante ! » disait Louis en se promenant dans la chambre à grands pas et les bras fortement croisés, « si ce n'avait pas été ma grand'tante !...

» — Oh ! il l'aurait étranglée, reprit Marianne, cela est sûr, j'ai bien vu ça, moi, elle n'aurait eu que ce qu'elle mérite. Mon Dieu, la vilaine femme, la vilaine femme !

» — Marianne ! » dit madame Delong à la cuisinière d'un ton de reproche, et Marianne s'en alla en haussant les épaules; puis, s'adressant à son fils : « Est-il bien sûr, Louis, dit madame Delong, que vous n'ayez eu aucun tort? Louis continuait à se promener sans répondre. Madame Delong renouvela sa question. Louis n'était pas encore assez remis pour pouvoir se rendre compte à lui-même de ce que lui demandait sa mère. En cet instant entra madame Ballier, elle semblait embarrassée, et parlant avec précipitation, comme une personne qui a peur qu'on ne la prévienne par un mot désagréable : « Louis, dit-elle, voulez-vous que je vous mène ce soir au cirque? »

Louis tressaillit, parut étonné; puis, après un moment d'hésitation, répondit d'un air sombre en détournant la tête : « Non, ma tante, je vous remercie.

» — Eh bien ! vous ne voulez pas venir ?

» — Non, ma tante, » répondit encore Louis un peu plus brusquement. Emu à la fois de dépit et de regret de refuser l'amusement, il était prêt à ajouter un mot de colère ; mais il se contint, et reprit du ton le plus modéré qu'il lui fut possible : « J'ai à travailler pour l'examen des inspecteurs qui passent d'aujourd'hui en huit.

» — Eh bien ! j'irai toute seule, » dit madame Ballier encore plus déconcertée. Elle s'approcha de la fenêtre comme pour regarder quelque chose, puis s'en alla sans prononcer une parole de plus.

« Assurément, si ce n'était pas elle qui me l'eût proposé, dit Louis d'un ton chagrin, aussitôt qu'elle fut partie, rien ne pouvait me faire plus de plaisir ; je n'ai pensé, depuis que j'ai lu l'affiche, qu'à l'envie que j'avais de voir les écuyers : mais, ajouta-t-il d'une voix altérée, je ne lui donnerai pas la joie de penser qu'elle puisse me procurer le plus petit plaisir. »

Sa colère s'augmentait du sacrifice qu'il venait de lui faire. Sa mère, désirant le calmer un peu, prit son bras, en lui disant d'un ton caressant : « Et moi, ne me donneras-tu pas le plaisir de faire avec moi un tour de promenade ! j'ai mal à la tête, j'aurais

besoin de prendre l'air ; » et voyant qu'il ne s'en
souciait nullement, elle ajouta en souriant : » Je ne
me résignerais pas si aisément que ma tante à sortir
sans toi. »

Louis ne refusait jamais rien à sa mère ; et quoiqu'il n'eût guère plus de quatorze ans, il avait un
esprit si droit, une âme si honnête et si généreuse,
que madame Delong le traitait avec une parfaite
confiance, et ne demandait jamais rien qu'à sa raison et à son affection pour elle. Louis prit sur-le-
champ son chapeau, alla chercher l'ombrelle de sa
mère, et, sans rien dire, lui donna le bras pour sortir ; madame Delong vit l'effort qu'il se faisait, et lui
dit : « Je te remercie, mon fils. » Ce remerciement
commença à remettre la paix dans l'âme de Louis.
Il aimait sa mère avec passion, et se sentait fier du
pouvoir qu'il avait de rendre sa vie plus douce et
plus heureuse. Presque toujours séparée de son
mari, presque toujours inquiète et tremblante des
dangers auxquels l'exposait son état militaire, madame Delong avait besoin de beaucoup de courage
pour conserver l'égalité de son âme. De bonne heure
Louis avait su, dans les afflictions de sa mère, éviter
tout ce qui pouvait lui rendre la patience trop difficile.
Bien éloigné du caractère de ces enfants qui croient
obtenir une espèce de triomphe sur leurs supérieurs
lorsqu'ils sont parvenus à exciter leur mécontentement, Louis mettait son orgueil à pouvoir écarter de

sa mère des peines ou des contrariétés. Cette habitude s'étendait à tout. Lui donnait-il le bras dans la
rue ou dans la campagne, il l'éloignait du troupeau
de vaches qu'elle n'aimait pas à traverser, du sentier
trop pierreux où elle aurait pu se blesser, rangeait
de la main le cheval près duquel elle devait passer.
Vif et même étourdi quelquefois sur ce qui le con-
cernait, il devenait prévoyant lorsqu'il s'agissait de
sa mère. Madame Delong disait en souriant : « Louis
me protège. » Louis souriait aussi, et en même
temps rougissait un peu; mais ce n'était pas de chagrin. Il sentait alors qu'il était homme, et chargé
d'être utile aux autres.

Cette espèce de rapport de Louis avec sa mère
n'avait altéré en rien le respect qu'il devait à la su-
périorité de sa raison et à son autorité maternelle.
Louis en reconnaissait l'empire avec d'autant plus de
joie qu'il ne lui était jamais entré dans la tête qu'elle
pût vouloir en abuser. Il n'était pas en son pouvoir
de supposer sa mère capable d'injustice et d'humeur; à peine croyait-il qu'elle pût se tromper; et
lorsqu'il hésitait à remplir son devoir, dès qu'elle lui
avait dit : « Mon fils, il le faut, » Louis croyait entendre la voix de sa propre conscience.

Cependant, depuis l'arrivée de madame Ballier
dans la maison, Louis avait plus souvent de la peine
à se soumettre; et sur certains points, son affection
pour sa mère suffisait à peine à suppléer ce qui lui

manquait de raison. Madame Ballier n'avait pas eu
les avantages d'une bonne éducation : autrefois
mercière à Paris, elle était sœur de la mère de
M. Delong, et celui-ci, demeuré orphelin à douze ans,
avait été recueilli chez elle. Il s'engagea à quinze
ans, s'avança par son courage et sa bonne conduite,
ne négligeant aucune occasion de former son esprit
et d'acquérir des connaissances, et parvint au grade
de colonel et à la réputation d'un homme distingué.
Madame Delong, quoique née sans fortune, avait été
fort bien élevée, et le rapport de leur esprit, de
leur caractère, avait établi entre eux une union
pleine de tendresse et de confiance.

Madame Ballier, devenue veuve, avait depuis deux
ou trois ans quitté son commerce avec des affaires
en assez mauvais état. Madame Delong proposa alors
à son mari de l'engager à se retirer chez lui. M. Delong n'hésita que dans la crainte de donner à sa
femme une société peu agréable, et céda bientôt à la
noblesse des motifs qui avaient déterminé madame
Delong à cette proposition, et à la certitude qu'il
avait que la douceur et la fermeté de son caractère
diminueraient beaucoup les inconvénients qui pourraient en résulter. Madame Ballier vint donc rejoindre
sa nièce dans la petite ville qu'elle habitait en l'absence de son mari, tâchant, au moyen d'une grande
économie, de subvenir, avec une fortune plus que
modique, aux dépenses que lui occasionnait la
guerre, et à celle de l'éducation de son fils.

Bonne femme au fond, mais quelquefois ennuyée de sa situation, et, malgré toute la déférence que lui montrait madame Delong, mécontente de n'être pas la maîtresse, madame Ballier avait souvent de l'humeur, et trouvait moyen de la montrer en mille occasions, comme les personnes qui, ne sachant pas s'occuper de choses sérieuses, se font des idées sur des choses insignifiantes. Louis et son chien-loup noir, Barogo, étaient les deux êtres qui avaient le plus à en souffrir; car pour Marianne, une querelle ne lui était pas positivement désagréable, et madame Ballier lui en refusait rarement le plaisir. Madame Delong n'aurait pas trouvé bon que Marianne manquât de respect à sa tante; mais elle n'aimait pas non plus que madame Ballier tourmentât inutilement Marianne, ancienne domestique, fidèle à sa maîtresse, qu'elle avait vue naître, et obstinée à finir ses jours dans la famille : ainsi toutes deux également intéressées à se garder le secret, sûres l'une de l'autre, elles ne se gênaient pas; et une cafetière mise au feu précisément à l'endroit où elle pouvait gêner Marianne, éloignée du feu lorsque madame Ballier voulait qu'elle chauffât, une commissission donnée mal à propos et reçue de mauvaise grâce, et, par-dessus tout, les torts de Robinet, le chat de madame Ballier, qui avait peur des souris et avalait tout au garde-manger, entretenaient un fonds d'animosité et de disputes sourdes, qui occupaient la moitié de leur vie d'une manière suffisamment intéressante.

Mais entre Louis et sa tante la partie était loin de se trouver aussi égale.

Comme madame Ballier n'avait autorité sur rien de ce qui le regardait, elle le contrariait sur tout ; il faisait faire ses souliers trop étroits ou ses pantalons trop larges, faisait couper ses cheveux trop courts ou portait ses manches trop longues ; et comme le lendemain ni les cheveux, ni les manches, ni les souliers, ni les pantalons n'étaient autres que la veille, les remarques recommençaient avec autant d'humeur que si madame Ballier eût été elle-même obligée de les porter ainsi. Madame Delong, parfaitement muette dans ces disputes auxquelles elle ne prenait jamais de part, ne l'était pas également avec son fils, qu'elle obligeait bien soigneusement et bien malgré lui à se tenir dans les bornes du respect ; mais toute son autorité et la sévérité de son regard avaient beaucoup de peine à y suffire quand l'injustice tombait sur Barogo, que madame Ballier mettait régulièrement à la porte deux ou trois fois par jour, disant qu'il lui donnait des puces. Alors Louis sortait pour tenir compagnie à son cher Barogo, qu'il trouvait ordinairement occupé à se venger sur Robinet des injures de sa maîtresse. Avertie par les cris qu'il poussait en le poursuivant, madame Ballier accourait au secours ; dans sa frayeur et sa colère, un balai, une paire de pincettes, tout ce qui se trouvait sous sa main, lui servait d'armes contre l'a-

gresseur, qui échappait à ses coups en grondant; et
tandis qu'entraînée par un intérêt plus pressant, madame Ballier courait chercher et consoler son chat,
satisfait d'avoir constaté son droit de résistance en
faisant briller ses dents blanches à travers ses mous-
taches noires, Barogo retournait prendre paisiblement
possession du salon, où il devenait bientôt l'objet
d'un nouveau débat.

« Qui nous oblige donc à supporter les caprices,
les humeurs de ma tante? » s'écriait quelquefois
Louis dans des accès d'indignation qu'il ne pouvait
plus maîtriser.

« Qui nous oblige, lui dit un jour sa mère, à vivre
avec nos parents? Qui nous oblige même à avoir des
parents? Pourquoi les frères, les sœurs, les pères, les
mères, les enfants, ne vont-ils pas chacun de leur
côté, sans s'embarrasser les uns des autres? Si je
devenais chagrine, aigre, difficile à vivre, dis-moi,
Louis, qui t'obligerait à conserver pour moi des
égards?

» —Oh! ma mère, s'écria Louis, blessé de cette
supposition.

» — Mon enfant, reprit sa mère, quand on croit
pouvoir chicaner sur ses devoirs parce qu'ils sont
difficiles, il n'y en a point qu'on ne puisse mettre
en question; car il n'y en a pas un qui de temps à
autre ne coûte quelque chose à remplir. Ne penses-

tu pas qu'un neveu doit à sa tante, à une tante âgée, du respect et de la complaisance?

» — Assurément; mais...

» — Mais tu aimerais mieux que ta tante prît soin de te rendre ce devoir plus agréable, je le conçois; cependant, pour être pénible, ce n'en est pas moins un devoir.

» — Apparemment que ma tante a aussi des devoirs, » dit Louis avec un peu d'aigreur.

« Mon fils, reprit assez sévèrement sa mère, quand tu auras trouvé un moyen convenable de les lui apprendre, tu auras toute raison de t'en occuper.

» — Comment donc faire? » s'écriait alors quelquefois Louis impatienté de ne voir aucun moyen d'écarter ce qu'il ne savait pas supporter. Un jour qu'il faisait fort chaud, et que, pendant une discussion de ce genre, il s'essuyait à tout moment le visage:

« Mon enfant, lui dit sa mère, il y a six ou sept ans que tu n'aurais pu soutenir une pareille chaleur sans répéter à chaque instant : *Mon Dieu! que j'ai chaud!* Aujourd'hui tu y penses à peine, parce que tu sais qu'il est de l'honneur d'un homme de se montrer au-dessus des contrariétés. »

Louis était bien d'âge à comprendre les raisonnements de sa mère, mais non pas encore de force às'y soumettre : quand sa tante lui montrait de l'humeur,

il en prenait aussitôt de son côté; voulait-elle l'assujétir à quelque fantaisie, il s'attachait avec plus
d'opiniâtreté à la fantaisie contraire; et pour lui faire
mettre une grande importance à ce que son chapeau
restât sur la table, il suffisait qu'il eût passé par la
tête à madame Ballier de le jeter sur un fauteuil.

Hors de la présence de sa mère, surtout, n'étant
plus contenu par ses regards qui le suivaient habituellement et qu'il n'eût jamais osé éviter, attaqué
aussi plus ouvertement par madame Ballier, que ne
retenait plus la crainte de désobliger sa nièce, Louis
était toujours prêt à s'oublier et n'échappait pas souvent au danger. La dernière querelle avait été oc-
casionnée par une de ces bagatelles qui en élevaient
si souvent entre eux, et Louis, poussé à bout par la
mauvaise humeur de sa tante, peut-être lui-même
mal disposé ce jour-là, s'était laissé aller à des reproches si peu mesurés, que l'emportement de madame Ballier avait passé toutes les bornes. Elle en
fut ensuite fâchée : non qu'il lui parût fort extraordinaire qu'une tante donnât un soufflet à son neveu
qui lui disait une impertinence; mais ce n'était pas
le ton de la maison, et quoiqu'elle désapprouvât habituellement sa nièce, elle n'aurait pas aimé à en
être désapprouvée. Elle crut tout réparer par l'offre
du cirque, et ne comprit pas que Louis pût avoir assez de rancune pour le refuser. Aussi fut-elle de
très-mauvaise humeur pendant tout le dîner, et lors-

qu'en sortant de table Louis répondit à de nouvelles
propositions par un refus, elle s'en alla en haussant
les épaules avec un soupir d'indignation.

Comme elle venait de sortir, arriva M. Lebeau,
ami de madame Delong. « Allons, dit-il à Louis, allons, mon garçon, au cirque; vite, il n'y a pas un
moment à perdre, ou nous n'aurons pas de places.
Charles et Eugénie sont en route avec leur mère; allons les rejoindre. »

Louis et sa mère se regardaient sans répondre.
« Eh bien! viendras-tu? » dit M. Lebeau impatienté.
« Je ne crois pas, dit enfin madame Delong, les yeux
toujours sur son fils, que Louis puisse aller ce soir
au cirque.

» — Pourquoi?

» — Il a à travailler.

» — J'ai travaillé aussi quand j'étais jeune, j'ai
appris tout aussi bien qu'un autre mon métier de
notaire; mais je ne m'en suis pas moins diverti. Mon
garçon, à ton âge, quand je voulais aller quelque
part, je passais la nuit à l'ouvrage, et c'était tout.

» — Cela ne serait pas bien difficile, » dit Louis en
regardant sa mère, et tout rouge de colère et d'inquiétude. Madame Delong étouffa un soupir que lui
causait le chagrin de son fils, et lui répondit : « Tu
sais bien, mon enfant, que ce n'est pas là l'obstacle. »
Puis se tournant vers M. Lebeau, elle lui dit d'un ton

plus ferme : « Cela est impossible; Louis a refusé d'y aller avec sa tante.

» — Sa tante, sa tante ! Eh bien! il a changé d'avis, il lui est bien permis de s'amuser mieux avec mes enfants qu'avec sa tante... Va, va, je me chargerai bien de lui faire entendre raison, quoique ce ne soit guère notre usage de nous entendre. »

Louis semblait en suspens. « M. Lebeau, dit madame Delong d'un ton fort sérieux, puisqu'il faut vous l'avouer, Louis a eu une petite querelle avec sa tante, et c'est pour cela qu'il n'a pas voulu aller au cirque avec elle. Je ne l'en blâme pas, c'était la manière la plus respectueuse d'apprendre à sa tante qu'elle lui avait fait de la peine : mais je l'en fais juge lui-même, ajouta-t-elle en le regardant; serait-il convenable qu'il allât en quelque sorte la braver, et lui dire : Je n'ai pas voulu de vos offres et je m'en passe ?

» — Ce sont là des ménagements bons pour une jeune fille, s'écria M. Lebeau. Ma chère amie, je vous le dis tout net, vous ferez de ce garçon-là une {poule mouillée.

» — Je ne sais pas, dit madame Delong toujours en regardant son fils, si Louis se sent plus faible, moins digne d'estime quand il se soumet à son devoir, que s'il y manquait pour son plaisir. » Louis secoua la tête, il savait bien que sa mère avait raison; mais il lui aurait été impossible de répondre. En ce moment Charles se précipita dans la chambre; impatient de ne pas voir arriver son ami Louis, il accourait le chercher. « Viens donc, viens donc vite, s'écria-t-il; tu nous feras manquer nos places. »

Louis, les yeux baissés, serra sa main, et lui dit d'un ton qu'on entendait à peine, n'osant se fier à l'altération de sa voix : « Je ne vais pas au cirque.

» — Et à cause? » demanda Charles étonné.

« — A cause de ma tante. »

Charles consterné regardait tour à tour son père et madame Delong; celle-ci se hâta de lui dire : « C'est un sacrifice volontaire que mon fils fait à la raison, et dont j'espère que nous pourrons le dédommager une autre fois.

» — Une autre fois! s'écria M. Lebeau en frappant le plancher de sa canne, ils partent demain; je vous dis qu'ils partent demain. »

Louis tressaillit. Madame Delong le regarda d'un air triste, mais ferme, et lui dit : « Mon fils, est-ce là une raison? »

Louis sortit précipitamment du salon, il suffoquait. Charles s'en alla désolé, et M. Lebeau en répétant : « Je l'ai toujours bien dit, que la femme la plus raisonnable ne valait rien pour élever des garçons. »

Madame Delong se rendit aussitôt à la chambre de Louis : son courage était vaincu; appuyé sur un coin de la cheminée, il pleurait, le pauvre Louis; sa

mère aurait eu bien envie d'en faire autant. Lorsqu'elle entra, comme saisi de ressentiment, il s'é-
cria : « Vous avez voulu me punir de ce que j'osais
être fâché contre ma tante quand elle a cherché à me donner un soufflet; » et ces derniers mots
furent dits avec un accent de colère encore plus prononcé.

« Te punir! dit madame Delong en passant son
bras autour du cou de son fils! te punir! Oh! mon
enfant, combien y a-t-il de temps que je n'ai pas
même pensé que je pusse avoir à te punir. »

Les larmes de Louis coulèrent alors avec abon-
dance. Madame Delong appuya sa tête sur l'épaule
de son fils : « Mon enfant, lui dit-elle d'une voix
émue, mon cher enfant, ne sois pas si faible, je t'en
prie. Moi qui suis chargée de te faire connaître tes
devoirs, que deviendrais-je si tu ne peux les supporter? Comme ma tâche sera cruelle! Louis, j'ai
travaillé toute ta vie à te donner du courage, pour
qu'il m'aidât à soutenir le mien.

» — Cela ne peut vous faire autant de chagrin
qu'à moi, » dit Louis encore un peu fâché, quoique
les paroles de sa mère l'eussent déjà adouci.

« Mon fils, répondit madame Delong, si tu étais
en ce moment au cirque, je regarderais la pendule,
et quoique seule, je craindrais de voir le temps s'é-
couler. Je me dirais : Il s'amuse, et cela remplirait de
joie toute ma soirée. » Louis baisa la main de sa

mère. « Mais, continua-t-elle, si, après avoir refusé
la tante, tu avais eu la faiblesse de vouloir aller
avec M. Lebeau, si j'avais eu celle d'y consentir, notre plaisir à tous deux aurait été gâté : la vue de la
tante t'aurait troublé tout le temps ; à ton retour
nous n'aurions osé nous parler d'une chose que nous
nous serions reprochée tous les deux, et je suis sûre
que tu serais allé te coucher sans avoir rien à me
conter. »

L'affection et l'entretien de madame Delong fini-
rent insensiblement par calmer Louis. Cependant il
eut de la peine durant cette soirée à s'occuper avec
application ; il rêva toute la nuit qu'il voulait aller
au cirque.

Madame Ballier, de son côté, était revenue fort
mécontente de sa soirée. Elle avait eu le malheur
de se trouver dans une loge voisine de celle de
M. Lebeau et de sa famille : il y avait déjà entre eux
assez d'aigreur ; M. Lebeau, fort honnête et très-bon
homme, mais peu disposé à croire qu'on ne dût se
gêner pour personne, n'avait pas approuvé que madame Delong reçût madame Ballier chez elle, et
par suite de cette opinion l'avait prise en aversion
presque avant de la connaître. Il n'avait jamais
voulu consentir à lui faire la moindre politesse pour
l'attirer chez lui ; et comme cela avait empêché madame Delong d'y aller aussi souvent qu'elle le faisait auparavant, il n'en avait eu que plus d'humeur,

et les griefs de Louis, qu'il aimait beaucoup, même
ceux de Barogo, avec lequel il vivait dans une cer-
taine intimité, n'étaient pas propres à l'adoucir.
Lorsqu'en arrivant il vit madame Ballier dans la
loge voisine de celle qu'avait prise sa famille, sa colère fut si grande, que s'il avait pu il aurait changé
de place. Son agitation, ses récits faits à voix pas
trop basse instruisirent bientôt madame Ballier de ce
qui venait de se passer : le nom de *ce pauvre Louis*,
prononcé par les enfants avec l'accent du regret et
avec un regard de côté, dans tous les intervalles que
leur laissait le plaisir, lui rendirent la soirée fort désagréable. En rentrant elle se plaignit du mal de tête
et s'alla coucher sans voir personne. Le lendemain
elle ne dit pas un mot du spectacle; et si Louis eut
le tort de jouir un peu de cette petite vengeance, il
put du moins légitimement se féliciter de n'avoir pas
à éprouver un pareil embarras. Deux jours après,
chez M. Lebeau, celui-ci recommença à quereller
madame Delong au sujet du cirque. Louis prit le
parti de sa mère avec tant de vivacité, que M. Lebeau, impatienté de l'avoir contre lui, s'écria :
« Jeune homme, voilà comme vous gâtez votre mère. »
Tout le monde se mit à rire, et M. Lebeau comme
les autres; et madame Delong souriant à son fils
avec un tendre orgueil, semblait lui dire : Continue,
Louis, aidons-nous mutuellement à remplir notre
devoir. » ————————————

Le curé s'étant arrêté en cet endroit : « Est-ce là tout? » s'écrièrent les deux petits garçons.

« — Ce n'est pas là une histoire, dit Julienne en se rengorgeant d'un air capable; cela n'a ni commencement ni fin.

» — Quant à la fin, reprit le curé, je ne vous ai pas dit que mon histoire finit là; j'ai voulu seulement vous faire voir que cela était fort désagréable pour les jeunes gens, quand leurs parents avaient de l'humeur, et aussi vous montrer que, dans ces occasions-là, c'est aux jeunes gens à faire tous les sacrifices pour ne pas mécontenter leurs parents.

» — Il n'était pas bien difficile à Louis de faire ce que voulait sa mère, dit Julienne d'un ton où il entrait un peu de dépit, elle lui parlait avec tant de douceur.

» — Bon ! dit Amédée; l'autre jour que tu étais en colère, et que ta bonne te priait tout doucement d'entendre la raison, tu lui as dit d'aller se promener avec sa raison.

» — Monsieur Amédée, répliqua Julienne toute rouge, mêlez-vous de vos affaires, ou je dirai aussi, moi, comme vous avez répondu tantôt avec de vilains mots, dans le bosquet, quand papa vous a appelé pour faire votre thème.

» — Je vois, dit le curé, que ni l'un ni l'autre ne seriez aussi raisonnables que Louis, qui encore ne l'était guère.

2

» — Oui, reprit Amédée; car il ne faisait ce que voulait sa mère que quand elle était là.

» — Je ne fais pas comme lui, Monsieur le curé, dit Paul en tapant sur le bras du curé pour se faire écouter; quand maman s'en va et me dit : N'approche pas du bassin, je n'en approche pas du tout.

» Je serais curieuse, dit Julienne, de savoir ce qui aurait pu arriver s'il était demeuré quelque temps de suite tête à tête avec sa tante.

» — C'est précisément la suite de mon histoire, » répondit le curé. Les enfants ayant désiré de savoir la suite, il la leur promit, et quelques jours après, il continua ainsi les aventures de Louis.

L'ABSENCE.

Madame Delong reçut d'Allemagne des nouvelles qui lui causèrent une grande affliction : son mari était dangereusement blessé. Elle partit pour l'aller soigner, désolée de laisser ainsi son fils, pour ainsi dire sur sa bonne foi, avec une personne qui ne pouvait prendre aucune autorité sur lui. Sachant aussi très-bien qu'entre madame Ballier chargée de commander et Marianne d'obéir, la paix ne régne-

rait pas dans le ménage, on juge quelles furent ses
recommandations, quelles furent les promesses et
les résolutions de s'y conformer. Mais à peine était-
elle montée en voiture, que madame Ballier, pressée
d'entrer en possession de son autorité, exigea absolument de Marianne que la soupière, de temps im-
mémorial rangée dans le buffet, fût dorénavant ser-
rée dans l'armoire, et que les verres fussent rincés
avant les carafes, au contraire de ce qui s'était pra-
tiqué jusqu'alors. De ce moment toute espérance de
conciliation fut détruite, et Louis, en rentrant pour
dîner, trouva Marianne hors d'elle-même. « Monsieur Louis, dit-elle, ça n'ira pas; cette femme-là me
fera perdre la tête : je vous dis, monsieur Louis, que
cela ne peut pas aller.

» — Louis, dit madame Ballier à son neveu d'un
ton composé lorsqu'il vint pour se mettre à table,
je vous prie dorénavant d'être plus exact à l'heure. »

Louis tira sa montre, regarda la pendule, et fut
très-étonné de voir qu'elles n'allaient plus ensemble : il les avait mises toutes les deux le matin à la
même heure. Il devina que, sans rien dire, madame Ballier avait avancé la pendule depuis son
départ. Il fit voir sa montre à sa tante, et lui dit froi-
dement, mais non sans intention de la piquer :
« Voilà l'heure qu'il est à la pendule de M. Lebeau,
la meilleure de la ville, et celle sur qui tout le monde
vient se régler depuis que l'horloge est détraquée. »

Madame Ballier répondit avec humeur que la pendule de M. Lebeau allait comme sa tête, et que c'était sur celle de la maison qu'il fallait se régler. Louis repartit que, pour qu'on pût s'y conformer, il ne fallait pas la déranger à tout instant sans raison. Le silence se rétablit jusqu'au milieu du dîner. Alors madame Ballier dit à son neveu : « J'espère, Louis, que vous ne profiterez pas de l'absence de votre mère pour aller courir au lieu d'étudier.

» — Courir, où cela, ma tante? demanda Louis d'un air fort étonné. Il était connu pour son exactitude à ses devoirs.

» — Mais chez M. Lebeau, par exemple !

» — Ma mère m'a permis d'y aller, » répondit Louis d'un ton négligent.

« Le matin et le soir? demanda avec humeur madame Ballier.

« — Tant que je voudrais, » reprit sèchement Louis.

« — Tant que vous voudrez? dit madame Ballier en colère : c'est très-bien; dès que vous avez des permissions pour faire tout ce que vous voudrez, ce n'était pas la peine de me charger de vous.

» — Vous charger de moi, ma tante? » s'écria à son tour Louis avec une indignation qui acheva d'irriter madame Ballier.

« — Eh! qui s'en chargera donc, Monsieur, je vous en prie? »

Louis resta sans répondre. Il avait élevé là une question difficile; car il était impossible qu'à son âge il se crût dispensé de rendre compte de sa conduite à quelq. .'un. Il ne pouvait dire à madame Ballier que ce n'était pas à elle qu'il avait à en rendre compte, ce qui n'eût été ni convenable ni vrai, car enfin, s'il se fût mis quelque désordre dans sa manière de vivre, qu'il eût négligé ses études, et passé le jour et la nuit à courir hors de la maison en l'absence de sa mère, c'était bien certainement à sa tante à réprimer une pareille inconduite par tous les moyens qui étaient en son pouvoir : mais le tort de Louis était d'oublier toujours que, si dans les choses importantes on doit céder aux autres lorsqu'ils ont raison de l'exiger, dans les petites choses on leur cède encore parce qu'on a assez de raison pour ne les pas contrarier.

On était de nouveau retombé dans le silence. Au moment de se lever de table, madame Ballier dit à son neveu en appuyant sur chacune de ses paroles : « Malgré toutes vos permissions, vous aurez la bonté de vous souvenir, monsieur Louis, que je réponds de vous en l'absence de votre mère, et que je ne vous laisserai pas faire de sottises, entendez-vous? » Elle eut soin de dire ces derniers mots en fermant la porte, de manière à n'être pas exposée à une réponse. Louis ne songeait point à lui répondre; toutes ses idées étaient confondues. Comme il n'avait pas la moindre envie de faire ce que madame Ballier appelait des sottises, il s'étonnait lui-même d'être si choqué de ce qu'elle les lui interdisait.

« — Mais voyez donc un peu cette femme-là! » disait Marianne, en croisant les bras, et les yeux fixés sur la porte par où venait de sortir madame Ballier.

« — Si c'est de cette manière-là qu'elle commence.... » reprenait Louis en posant lentement son verre, que dans sa surprise il avait tenu suspendu près de ses lèvres. Il semblait que le tonnerre fût tombé entre eux deux, si peu ils étaient préparés à ce qu'ils avaient à faire, qui était simplement de passer avec douceur sur des choses et des paroles sans importance. Louis alla se consoler de ses chagrins chez M. Lebeau, en les contant à Charles et à Eugénie. — « Laisse-la bisquer tant qu'elle voudra, lui disait Charles, et fais à ta tête. »

Eugénie grondait Charles, grondait Louis. « Demandez à maman, disait-elle, si c'est comme cela qu'on répond à sa tante.

» — Et comment trouvez-vous donc que je lui réponds si mal? reprenait Louis impatienté; vous en feriez autant à ma place.

» — Moi, pas du tout; quand j'ai envie de quelque chose, j'en demande la permission, c'est bientôt fait.

» — Mais quelle permission ai-je donc à lui demander?

» — Je ne sais pas, moi; celle de regarder à la fenêtre, si elle veut qu'on la lui demande : qu'est-ce que cela coûte?

» — Vraiment, disait Charles, cela serait joli pour un garçon !

» — Apparemment qu'il est plus joli pour un garçon de n'être pas raisonnable que pour une demoiselle.

» — Mon Dieu! Eugénie, disait Louis avec humeur et prenant le bras de Charles pour s'éloigner d'Eugénie, vous n'entendez rien à tout cela; et puis encore, c'est que c'est un ton!...

» — Bah! répondait Eugénie, en s'éloignant de son côté, je suis bien sûre que vous prenez aussi un ton; il ne vous en coûte pas grand'chose pour dire des malhonnêtetés. » On se boudait, puis on se raccommodait. Louis trouvait dans les conseils d'Eugénie beaucoup de choses de ce que lui disait sa mère, et il n'en était que plus troublé d'entrevoir qu'il avait tort sans savoir comment s'y prendre pour avoir raison : c'est que Louis attendait, pour se soumettre aux volontés de sa tante, qu'elle ne lui demandât rien qui pût le gêner, et pour lui montrer de la douceur, qu'elle ne le contrariât jamais; ce qui en effet n'aurait pas été bien difficile.

Louis reçut peu de jours après une lettre que lu écrivait sa mère de la première halte.

Songe surtout, mon fils, lui disait-elle dans cette lettre, de ne pas t'écarter de ce que tu dois à ta tante. Tu pourras penser quelquefois qu'elle te demande plus de soumission qu'elle n'a droit d'exiger de toi, et cependant tu te soumettras pour la contenter ; car ton devoir, c'est qu'elle soit contente de toi.

» Quand tu croiras voir qu'elle te contrarie sans raison et par un peu de mauvaise humeur, le moyen de prouver que tu es devenu un homme, c'est de ne point t'en irriter ; car ce sont les enfants qu'on évite de contrarier déraisonnablement pour ne pas leur gâter le caractère : lorsqu'ils sont hommes, c'est à eux à leur tour à se conformer au caractère des autres.

» Il ne s'agira bientôt plus pour toi, mon cher fils, de te bien conduire seulement envers ceux qui se conduisent bien avec toi, mais envers tout le monde. Tant que, pour remplir ton devoir, tu auras besoin d'avoir affaire à des personne toujours raisonnables et justes, tu ne seras pas en état de sortir de la protection de ton père et de ta mère ; car tu ne rencontreras qu'eux dans le monde qui, pour t'épargner des torts, aient soin de n'être jamais injustes envers toi. »

Le jour où Louis reçut cette lettre, il se montra

presque attentif pour sa tante : il eut soin de ne pas laisser la porte ouverte quand madame Ballier se trouvait entre les deux airs, et d'empêcher Barogo de manger la pâtée de Robinet, ce qui, la veille, avait occasionné un grand scandale. Laissé à lui-même, son caractère était porté à la bienveillance; mais il manquait de cet empire sur soi; qui est le seul moyen de se soustraire aux caprices des autres. Louis certainement n'était jamais aussi dépendant des caprices de sa tante, que lorsqu'il lui donnait le droit de se mettre en colère malgré ses résolutions.

Aussi comme les caprices devenaient chaque jour plus fréquents, en raison de l'effet qu'ils étaient assurés de produire sur lui, et qu'en raison de leur fréquence sa résolution devenait tous les jours plus faible, son désir de maintenir la paix se changea bientôt en un abandon complet à tous les mouvements qu'amène la discorde. Les conseils de sa mère ne produisirent plus sur lui qu'une impression de contrariété, persuadé, comme il le voulait être, que ce qu'elle demandait était impossible. La maison lui devint un enfer, dont il n'aspirait qu'à se trouver dehors, et sa pensée ne se reposait plus avec tranquillité que sur le plaisir qu'il se promettait de sortir pendant les trois fêtes de la Pentecôte, qu'il devait aller passer à la campagne chez madame Lebeau.

Cette partie était arrangée avant le départ de madame Delong. Louis en avait parlé souvent et regardait la chose comme convenue; mais madame Ballier imagina, comme ce qui devait lui déplaire le plus au monde, de l'obliger à lui en demander spécialement la permission. Louis devant le samedi, veille de la Pentecôte, aller dîner à la ville chez M. Lebeau et partir ensuite avec sa famille pour la campagne, madame Ballier sortit un moment avant qu'il ne revînt pour s'habiller et faire son petit paquet, et emporta les clefs des armoires. Louis, désespéré, en rentrant, de ne pas trouver les clefs, les demande à Marianne, et lui demande sa tante; Marianne ne l'a pas vue sortir, ne sait où elle est allée. Ils se séparent pour la chercher chacun de son côté. Louis court bouillant d'impatience, et aperçoit sa tante assise sur un des bancs de la promenade; il a peine à se contenir assez pour arriver jusqu'à elle sans lui demander ses clefs, et, en arrivant, à les lui demander avec des formes suffisantes de politesse. Madame Ballier s'informe tranquillement de ce qu'il veut en faire.

« Je veux m'habiller, ma tante... je suis très-pressé..... donnez-les-moi tout de suite, je vous prie; » et il lui tendit une main tremblante d'impatience.

« Vous ne vous habillez jamais que le dimanche, » répond madame Ballier avec le même sang-froid.

« Mon Dieu! ma tante, vous savez bien que je vais à la campagne.

» — Moi, non ; vous ne m'en avez rien dit,

» — J'en ai parlé cent fois devant vous.

» — Je n'ai pas l'habitude, dit madame Ballier, de prendre pour moi ce qu'on ne me dit pas directement.

» — Eh bien ! ma tante, je vous le dis, je vous le répète, » reprend Louis avec un redoublement de violence.

« — Apparemment, monsieur, dit très-gravement madame Ballier en se levant, que vous comptez me les demander autrement ? »

Louis plie à moitié un de ses genoux, et d'un ton que dans sa colère il s'efforçait de rendre moqueur : « Ma tante, dit-il, veut-elle bien avoir la bonté, la magnanimité, la clémence de me donner mes clefs ? »

Madame Ballier fait un pas comme pour s'en aller. Louis s'élance au-devant d'elle : l'horloge sonnait quatre heures ; quatre heures, c'était l'heure du rendez-vous chez M. Lebeau. « Ma tante, » dit-il, et sans qu'il s'en aperçût le son de sa voix devenait presque menaçant ; « ma tante, je vous en prie… où sont mes clefs ?

» — Dans un endroit, reprend madame Ballier, qui, de son côté, commençait à ne plus maîtriser sa colère, dans un endroit où vous ne les aurez que quand il me conviendra.

» — Vous ne voulez pas me les donner ? »

Madame Ballier continuait à s'en aller sans répondre. Louis part comme un trait, prend en passant le serrurier de la maison, qui, le connaissant, ne fait nulle difficulté de lui ouvrir les armoires, s'habille, prend un petit paquet, et, rencontrant Marianne, qui rentrait de son côté, lui dit de porter dans la journée, chez M. Lebeau, le reste de ses effets, afin qu'on ne les lui renferme plus. Etonnée de l'ordre qu'il lui donne, troublée de voir toutes les armoires ouvertes, Marianne veut lui faire des questions sur ce qui s'est passé; mais il est déjà loin, et elle demeure ébahie sur la porte à le regarder courir.

Il était pressé d'arriver, pressé de secouer l'agitation qui le tourmentait. Depuis le départ de sa mère, Louis n'avait pas été un instant content de lui-même: il l'était en ce moment moins que jamais, et ne savait ce qui en serait à l'avenir; il craignait de descendre dans ses pensées. Il cacha son trouble le mieux qu'il put, n'aimant pas à parler chez M. Lebeau de ses querelles avec sa tante, et l'idée d'être pendant trois jours délivré de ses chagrins ne tarda pas à les lui faire oublier. A la fin du dîner, on vint avertir que les ânes étaient à la porte. Louis était destiné à conduire celui d'Eugénie, et Charles celui de sa mère, excepté dans les moments où M. Lebeau devait prendre la place de l'un des jeunes gens pour les laisser monter chacun à leur tour sur son cheval. Il faisait un temps superbe; le plaisir qu'on se promettait animait déjà les jeunes gens, qui descendaient l'escalier en courant, riant et sautant, lorsque Marianne parut sur la porte, tout échauffée et tenant à son bras un gros paquet qu'elle remit à Louis. « Tenez, monsieur Louis, dit-elle, voilà vos hardes; quand votre tante a vu que je voulais les prendre, elle me les a, sauf le respect de la compagnie, jetées au nez, en disant que quand elles seraient hors de la maison, elles pourraient bien y rester et vous aussi. Alors je lui ai dit : Et moi aussi. Car, à présent que vous êtes parti, qu'elle s'arrange pour son service, je n'y mettrai pas le pied jusqu'au retour de Madame. Voilà les états de ce qu'on m'a laissé, on peut vérifier que tout y est; d'ailleurs elle a pris toutes les clefs, je ne réponds plus de rien.

» — Mais, Marianne, dit Louis excessivement troublé, je ne m'en vais pas, c'est seulement pour deux jours.

» — Ah! vraiment, elle a bien dit que vous restiez où vous êtes, qu'elle allait écrire à votre mère, et qu'elle ne veut plus se charger de vous. Qu'est-ce que je sais, moi! un tas de raisons.

» — Tu resteras avec nous, » dit Charles plein de joie.

» — Quel conte que cela! dit madame Lebeau impatientée, sa tante ne le renverra pas de la maison.

» — Oh! elle a dit qu'elle s'en irait s'il y revenait, reprit Marianne, elle n'en fera rien; mais ça
m'est égal. J'y restais pour l'amour de vous, monsieur Louis; à présent me voilà bien débarrassée.
Est-ce qu'elle n'a pas dit que c'était moi qui avais
forcé les serrures, qu'elle voulait me conduire au
juge de paix! Ah! qu'elle m'y conduise, je ne la
crains pas, je suis plus connue qu'elle dans la ville.
Voyez donc le juge de paix! Je suis chez ma
sœur, dans la rue à côté, qu'elle vienne m'y chercher. Au revoir, monsieur Louis... » Puis revenant
sur ses pas : « Ah! tenez donc, une lettre de votre
maman, que dans tout ça j'oubliais de vous donner; » et elle s'en alla répétant : « Le juge de
paix!... j'ai bien peur d'elle avec son juge de paix! »
et s'irritant toujours davantage de cette idée à mesure qu'elle lui revenait dans la tête.

Louis demeurait consterné : il tournait machinalement dans ses mains la lettre de sa mère; il semblait qu'elle lui faisait mal, comme si elle eût contenu un reproche. « Qu'est-ce donc que tout cela? »
demandait M. Lebeau, survenu au milieu du récit
de Marianne; et Louis pouvait à peine le lui expliquer, tant était faible le sujet de la dispute.

« Viens toujours, lui disait Charles tout bas, tu arrangeras cela à ton retour.

» — Écrivez-lui de la campagne une lettre bien

soumise, » disait Eugénie. Louis n'écoutait rien, il venait d'ouvrir la lettre de sa mère.

« Ah! mon Dieu ! » dit-il d'un ton douloureux, en cachant sa tête dans ses mains.

« Quoi! monsieur votre père! » s'écria madame Lebeau effrayée.

« Au contraire, dit Louis en rougissant du cri qui venait de lui échapper, mon père est mieux; et il y a une heure que cette lettre m'aurait rendu bien heureux. »

Madame Delong mandait à son fils que son mari était hors de danger et en état de supporter le voyage; elle devait se mettre en route avec lui peu de jours après pour le ramener dans sa maison, où il était nécessaire qu'il vînt achever de se guérir, et passer sa convalescence, qu'on annonçait devoir être longue.

« Je vais donc, mon fils, ajoutait madame Delong, te présenter à ton père, qui ne t'a pas vu depuis quatre ans. Il me parle sans cesse de toi, et moi j'ose à peine lui répondre; je crains ma tendresse, je crains de lui dire de toi plus de bien qu'il n'en trouvera ensuite. Cependant, Louis, je crois qu'il sera content de nous. Une seule chose me trouble, ajoutait-elle; je n'ai pas été contente du ton de ta dernière lettre en parlant de ta tante. Mon enfant, il faut que je te le dise : ton père, affaibli par de longues fatigues et de cruelles souffrances, supporte difficilement la moindre agitation; il a besoin que son intérieur soit paisible comme la chambre d'un malade. Veille à ce que tout, en arrivant, lui présente l'aspect de la concorde, et que rien ne puisse le troubler. Examine avec soin, mon fils, si tu nous as préparé la réception que je te demande, si tu te sens suffisamment disposé à remplir ton devoir. »

Louis demeurait accablé. « Eh bien! lui dit M. Lebeau, qui attendait et n'aimait pas à attendre, viens-tu ou non?

» — Que va dire ma mère? » répondit Louis presque sans l'écouter.

« — Ce qu'elle va dire? est-ce que c'est ta faute?

» — Je n'en sais rien.

» — Ah! si tu n'en sais rien, c'est autre chose. Tiens, mon garçon, il faut savoir ce qu'on veut ou ce qu'on ne veut pas, si on a tort ou si on a raison, et agir en conséquence.

Louis alors lui donna la lettre de sa mère, non pas pour qu'il le décidât, car son parti était pris.

« Oui, dit M. Lebeau après l'avoir lue, tu ferais bien d'arranger cela si tu peux. » Et Louis, sans rien dire, prit le paquet que venait d'apporter Marianne, attacha dessus celui qu'il avait fait pour aller à la campagne, les passa dans sa canne qu'il mit sur son épaule, serra la main à Charles, fit en soupirant un

signe de tête à Eugénie, et prit le chemin de la
porte.

« Il s'en va? » demandèrent Charles et Eugénie
consternés.

« Tu nous rejoindras, » dit M. Lebeau, qui aimait
à prendre son parti de tout. Louis fit encore un signe
de tête et s'en alla. Il entendit bientôt le bruit des
ânes que l'on montait, et du cheval de M. Lebeau
qui piétinait pour partir; il retourna la tête, et vit
tout le monde occupé au départ, mais en silence, et
jusqu'au bout de la rue il n'entendit pas un seul
éclat de rire.

Il marchait sans trop savoir ce qu'il avait à faire;
cependant il pensa qu'il fallait d'abord chercher Marianne, et l'empêcher de coucher hors de la maison,
puis aller dire à sa tante que c'était lui qui avait fait
ouvrir les armoires, afin qu'elle n'allât pas chez le
juge de paix. Il trouva Marianne très-échauffée, racontant ce qui s'était passé, et sa sœur qui tâchait
inutilement de la calmer.

« Tenez, dit-elle en voyant entrer Louis, M. Louis
est là pour le dire, on ne peut pas vivre avec cette
femme-là... Mais qu'est-ce que vous venez faire ici,
M. Louis? Et votre paquet... Il ne fallait donc pas
me le faire porter chez M. Lebeau, je l'aurais mis
tout de suite ici. Ma sœur va bien le serrer dans son
armoire; je vous le promets, monsieur Louis, vous
pouvez être tranquille.

» — Mais, Marianne... avait dit plusieurs fois avec
impatience Louis, qui cherchait inutilement à l'in-
terrompre ; mais Marianne, ce n'est pas cela..... je
viens vous dire qu'il faut que vous rentriez à la maison.

» — A la maison? et pourquoi faire donc, monsieur Louis? C'était bon pendant que vous y étiez;
mais pour votre tante, elle se passera bien de moi,
et moi je me passerai bien d'elle. Allez donc, monsieur Louis, vous pouvez vous amuser bien tranquillement à la campagne; n'ayez pas peur, nous ne
nous mordrons pas pendant votre absence.

» — Mais, mon Dieu! Marianne, reprit Louis toujours plus impatienté, et cependant hésitant encore
à s'engager, il n'est pas du tout sûr... Il est très-pos-
sible que je n'aille pas à la campagne.

» — Comment!... Ah! voilà du fruit nouveau, par
exemple; c'était bien la peine de faire ouvrir les armoires si vite!... Ah! si c'est comme cela, j'irai faire
votre lit demain, monsieur Louis; vous pouvez être
bien sûr que je ne laisserai pas votre chambre en
désordre; vous pouvez en être sûr déjà; votre lit
sera fait.

» — Et le dîner aussi, Marianne?

» — Le dîner de votre tante? Ah! elle dînera bien
sans moi, la chère femme ! Si elle n'a que moi pour
lui faire à dîner... je vous promets bien que son
dîner ne lui fera pas mal au ventre. » Et la colère

do Marianne recommençant à s'échauffer, ello parlait à elle-même, aux autres, sans qu'on pût l'arrêter.

« Mais, écoutez-moi donc, Marianne, reprenait Louis presque aussi en colère; je vous dis que mon père et ma mère arrivent...

» — Comment! M. le colonel... Madame... s'écria Marianne. Ah! mon Dieu! où cela?..... quand?... » et elle paraissait prête à courir au-devant d'eux.

« Mais, mon Dieu! pas encore, disait Louis; mais ils arrivent, voilà la lettre qui me le dit; et vous voyez bien que s'ils trouvent comme cela tout le monde de côté et d'autre...

» — Ah! bien, vous avez raison, monsieur Louis, c'est bien vrai... Ce pauvre M. le colonel!... Et Madame, comme elle doit être contente?... comment se porte-t-il?... Comment! ils reviennent!..... » Et les exclamations de Marianne se croisaient et se succédaient avec autant de rapidité dans sa joie que dans sa colère. Le cours de ses idées était absolument changé; et peut-être en considérant de plus près l'arrivée de ses maîtres, s'était-elle sentie un peu inquiète des suites de l'escapade, que dans la chaleur de sa tête elle n'avait pas examinées avec beaucoup d'attention. Il ne fut pas difficile de la déterminer à revenir. « Ne faut-il donc pas préparer la maison pour leur arrivée? disait-elle. Tenez, monsieur

Louis, le devoir avant tout! monsieur Louis, le devoir avant tout! »

Ils s'en allèrent, Marianne portant les paquets dont elle avait absolument voulu se charger. « Nous nous en retournons, disait-elle, comme des marchands qui ont fait mauvaise foire, la boutique aussi lourde que nous l'avons apportée. »

Ils trouvèrent la porte de la maison fermée; Marianne n'étant plus là pour la garder, madame Ballier en sortant en avait emporté la clef. Cet incident, auquel Louis aurait pu s'attendre, lui causa un violent dépit : il n'était pas encore sans espérance, après avoir réinstallé Marianne, d'aller rejoindre ses amis à la campagne; mais la chose devenait au moins douteuse, et chaque moment d'attente lui donnait un peu plus la tournure d'une impossibilité. Cependant il fallait bien attendre. Louis s'assit sur le banc de la porte et attendit, mais avec un degré d'amertume qui s'aigrissait de chaque minute d'impatience. Madame Ballier ne rentra qu'à dix heures du soir. Louis se leva brusquement; madame Ballier fit un cri, elle ne l'avait pas vu, non plus que Marianne, dans le coin obscur où ils étaient assis. Cependant la servante d'une des amies de madame Ballier, qui s'était chargée de la reconduire avec sa lanterne et à qui elle avait donné la clef, commençait à ouvrir la porte; mais Louis n'était pas sûr d'y entrer sans contestation. Heureusement Barogo, qui avait fourré

son museau dans la fente de la porte qu'on entr'ou-
vrait, avait déjà senti Robinet, et, d'un coup de sa
tête agrandissant l'ouverture, s'était élancé dans
l'intérieur de la maison, où il le poursuivait en
aboyant de toutes ses forces : madame Ballier s'y
précipita après lui ; Louis entra après elle, et après
Louis entra Marianne : la porte fut fermée, et chaque
chose se trouva tout naturellement remise à sa
place.

Il fallait pourtant à Louis une explication avec sa
tante ; il s'y préparait et tâchait de ramasser toute la
modération dont il se croyait capable, quand il la
rencontra à la porte de sa chambre, tenant Robinet
sous le bras. Elle lui demanda avec beaucoup d'aigreur pourquoi il n'avait pas fait ouvrir la porte de
la rue par un serrurier, comme celle des armoires.

« Puisque vous saviez que c'était moi qui avais
fait ouvrir les armoires, » s'écria Louis déjà en colère, car c'était la principale raison qui l'avait engagé
à revenir, « pourquoi donc, ma tante, avez-vous me-
nacé Marianne de la mener chez le juge de paix ! Je
ne suis revenu que pour vous empêcher de faire ce
scandale.

» — On a vraiment bien besoin de monsieur pour
empêcher des scandales ! reprit madame Ballier toujours plus irritée. Si vous n'aviez que cela à nous
dire ici, vous pouvez vous en retourner à la campagne.

» — C'est bien ce que je ferai demain matin, repartit Louis.

» — Mais non pas, je vous prie, répliqua madame Ballier, avant que j'aie écrit une lettre à M. Lebeau, que vous lui porterez pour le prier de se charger de vous, attendu que je ne m'en mêle plus.

» — Je ne porterai point une pareille lettre, » s'écria Louis, que recommençait à dominer la pensée de l'arrivée de son père et de sa mère.

» — Si vous ne la portez pas, je l'enverrai.

» — C'est inutile, car je ne resterai pas chez M. Lebeau.

» — Si vous y allez demain, vous y resterez.

» — Qu'est-ce qui m'y forcera?

» — Moi, qui m'en irai de la maison et qui manderai à votre mère pourquoi. »

Louis rentra dans sa chambre en fermant la porte avec fureur. « Non, » disait-il, et il marchait en frappant du pied à ébranler le plancher, « non, il n'y a pas moyen, on veut être raisonnable avec elle, et elle ne le veut pas.

» — Il est sûr, disait Marianne en rangeant la chambre, qu'on n'est pas maître de ça. »

Le curé ayant posé son cahier : « Eh bien! eh bien! demandent les enfants, est-ce qu'il n'a pas été à la campagne?

» — Qu'auriez-vous fait à sa place? » dit le curé.

Amédée secoua la tête en disant : « Je n'en sais rien : il est sûr que cela était bien embarrassant.

» — Pas du tout, reprit Julienne d'un ton très-décidé ; j'aurais dit le lendemain à ma tante : Si vous voulez encore m'empêcher d'aller à la campagne, je resterai ici, et je dirai à tout le monde que c'est parce que je suis plus raisonnable que vous. »

Le curé sourit. « — Cela lui aurait fait joliment plaisir ! dit Amédée.

» — Aussi, répondit Julienne, ce n'aurait pas été du tout pour lui faire plaisir.

» — Moi, dit Paul, j'aurais écrit bien vite à maman en Allemagne, pour lui demander la permission d'aller le lendemain chez M. Lebeau. » Tout le monde rit de l'expédient qu'avait trouvé Paul, et le curé continua son histoire.

———

LE RACCOMMODEMENT.

Louis était demeuré seul dans sa chambre, terriblement agité : aussi passa-t-il près d'une heure sans prendre aucun parti. Les dernières paroles de Marianne lui sonnaient aussi désagréablement dans les oreilles : « On n'est pas maître de ça, répétait-il ;

est-ce que je ne suis pas maître d'être raisonnable ! »
et cela lui déplaisait ; car il aurait mieux aimé que la
raison ne fût pas en son pouvoir. Il se mit à relire la
lettre de sa mère ; mais, dans la disposition où il
était, il interrompit plusieurs fois sa lecture avec
impatience ; car c'était comme si sa mère eût été là,
lui donnant un conseil qu'il ne voulait pas suivre.
Une fois même il jeta la lettre avec humeur sur la
table ; mais tout d'un coup il se souvint qu'un jour
qu'il se fâchait contre un conseil de sa mère, elle lui
avait dit : « Mon fils, te fâches-tu contre mon conseil parce qu'il est mauvais, ou parce qu'il est bon ? »
Et il convint avec lui-même qu'on ne se fâchait jamais que contre les bons conseils, parce qu'il n'y a
que ceux-là qui vous obligent à les suivre.

Après avoir reconnu que le conseil de sa mère
était bon, Louis n'en continuait pas moins à dispu-
ter : non-seulement renoncer à un plaisir si grand, et
sur lequel il avait si bien compté, mais encore céder à l'autorité de sa tante, et encore dans une chose
si déraisonnable ! Alors il lui survint un autre souvenir. Un jour que dans son enfance il donnait un
coup de pied à Barogo, qui ne voulait pas apprendre
l'exercice, en lui disant : « Tu n'es qu'une bête ! » sa
mère avait répondu : « Si ce n'est qu'une bête, comment
veux-tu qu'il fasse des choses qui demandent de
l'esprit ? » Cette réflexion l'avait frappé. Il se dit :
« En effet, puisque je trouve ma tante déraisonnable,

c'est une sottise à moi de vouloir qu'elle ne me demande que des choses raisonnables; et il ajouta : «Si je ne lui cède pas sur des choses déraisonnables, je ne lui céderai donc jamais; car les autres, je les fais de mon plein gré. »

L'agitation de Louis commençait à se calmer par le plaisir qu'il éprouvait à se sentir de la raison, et ce plaisir-là inspire toujours le désir d'en avoir davantage. Il se rappela aussi que sa mère lui disait souvent: « La tâche des gens raisonnables est grande, ils sont chargés d'avoir de la raison à la place de ceux qui n'en ont pas. » Et il commença à trouver qu'il y avait quelque chose d'honorable à se regarder comme chargé d'une pareille tâche; alors il prit plaisir à relire non-seulement la dernière lettre de sa mère, mais toutes celles qu'elle lui avait écrites depuis son départ. Il tomba sur cette phrase : « Ton malheur, mon fils, est d'avoir parfaitement oublié, dans les rapports avec ta tante, comment on est avec les personnes de qui on désire l'approbation. Il me semble pourtant que l'approbation est toujours désirable, et qu'il peut y avoir quelque plaisir à la gagner quand elle est difficile. » Dans la disposition où il se trouvait, cette idée le frappa singulièrement. Son imagination s'échauffa sur ce projet, au point qu'il eut de la peine à s'endormir.

Il se réveilla le lendemain dans les meilleures dispositions. Il faisait un temps admirable; il enten-

dait dans la rue le mouvement d'un jour de fête :
cela lui serrait un peu le cœur; mais il avait autre
chose à penser, et ne permit pas à ses souvenirs de
le troubler. Il entra chez sa tante d'un air serein,
auquel elle ne s'attendait pas. Il savait qu'elle avait
déjà demandé à Marianne s'il allait à la campagne,
et que celle-ci lui avait répondu que non. Aussi lui
trouva-t-il un maintien plus composé que fâché.
Lorsqu'il lui eut fait part des nouvelles qu'il avait re-
çues : « C'est apparemment pour cela, dit-elle, que
Monsieur a mis de l'eau dans son vin. »

Le rouge monta à la figure de Louis; mais il était
si bien préparé qu'il ne se fâcha pas, et songea qu'au
fait cela était vrai. « Il est sûr, ma tante, dit-il, que
j'aurais beaucoup de chagrin si mon père et ma mère,
à leur retour, vous trouvaient mécontente de moi. »

Madame Ballier fut étonnée; elle ne comptait
guère sur un pareil ton, et se contenta uniquement
de répondre à demi-voix pour ne pas rester court :
« Je serai donc bientôt débarrassée! » Puis elle se
hâta de demander les détails sur la santé et l'arrivée
de son neveu; et revenant aussitôt à un sujet où l'on
voyait bien qu'elle voulait rentrer sans savoir com-
ments'y prendre, elle dit d'un ton qui voulait seulement paraître encore de mauvaise humeur : « Vous
n'aurez plus alors personne qui vous empêche d'aller à la campagne.

» — Il est bien sûr, ma tante, reprit Louis avec
douceur, que ma mère me l'avait permis.

« — Et c'est pour cela, reprit madame Ballier, qui recommençait à s'aigrir, que vous croyez pouvoir vous passer de la permission de tout lo monde?

» — Vous voyez bien que non, ma tante, répondit Louis du même ton; car c'est parce que vous ne l'avez pas voulu que je n'y ai pas été; et j'en avais pourtant un grand désir, » ajouta-t-il avec un soupir qui n'était pas feint.

« — Comme il fait l'hypocrite à présent! » dit madame Ballier en détournant la tête.

« — Non, ma tante, reprit Louis avec quelque vivacité, je ne fais pas l'hypocrite; vous le savez bien, je comptais aller à la campagne, et m'y amuser beaucoup, je vous assure.

» — Louis, reprit gravement madame Ballier, je ne m'oppose pas à ce que vous vous amusiez, quand vous le demanderez d'une manière convenable. »

Elle attendait évidemment une réponse.

Louis hésita un moment, et dit : « Eh bien! ma tante, voulez-vous... me permettre d'y aller? Le mot lui coûta un peu; mais quand il fut passé, il se hâta d'ajouter, pour cacher sa répugnance : « Je vous serai bien obligé. »

« — Allez, » dit madame Ballier, un peu embarrassée elle-même de sa victoire; et pour conserver sa dignité, elle ajouta : « En vérité, vous ne le mériteriez guère, pour votre conduite d'hier.

» — Allons, ma tante, n'en parlons plus, » dit Louis d'un ton moitié gai, moitié soumis; et madame Ballier, qui ne savait plus où elle en était, haussa les épaules en disant : « Allez, et dépêchez-vous. » Il ne se le fit pas répéter.

En courant s'habiller, il rencontra Marianne, et, pétillant de joie, il la prit par les épaules et la fit tourner, en disant : « Marianne, je vais à la campagne. »

Marianne n'était pas en train de rire, Robinet venait de renverser un pot d'eau, il fallait qu'elle balayât toute sa cuisine. Elle disait qu'elle tordrait le cou au chat la première fois qu'elle le rencontrerait; et tandis que ces paroles se prononçaient, une seule porte, à peine fermée, la séparait de madame Ballier. Louis trembla, lui mit la main sur la bouche, la caressa, lui parla de la nécessité de maintenir la bonne intelligence dans la maison, lui lut même une phrase de la lettre de sa mère; et Marianne, enchantée, se mit à moraliser sur le devoir des domestiques envers leurs maîtres; ce qui la conduisit, de bon sentiment en bon sentiment, jusqu'à des protestations d'attachement pour madame Ballier et même pour Robinet. Louis, à peine monté dans sa chambre, entendit sa tante lui crier : « Mais dépêchez-vous donc, Louis! vous mourrez de chaud. » Et, en descendant, il la trouva qui brossait son chapeau : touché de cette marque de bonté de sa

part, il lui baisa la main, tandis que Marianne accourait pour arracher la brosse des mains de madame
Ballier. Jamais rien de pareil ne s'était vu dans la
maison.

Louis partit, le cœur aussi léger que les pieds; il
ne sentait pas le soleil, il ne sentait que sa joie.
Tout étonné d'être si content, il se demandait s'il
l'était bien légitimement, et le plus sévère examen
ne lui reprochait rien de contraire à la droiture, rien
qu'il n'eût fait dans l'intention la plus honnête;
il admirait comme tout s'était arrangé en deux
mots, quand il avait, depuis longtemps, employé
tant de paroles à tout brouiller. Il savait gré à sa
tante d'être revenue si promptement, et il se savait gré à lui-même d'en être touché; car c'est
quelque chose qui ressemble à la vertu, qu'un
sentiment conforme à nos devoirs. En arrivant,
il vit Charles de loin sur la porte, et lui cria si
haut : « Me voilà ! » qu'Eugénie l'entendit, et accou-
rut à la porte pour le voir. M. Lebeau y vint aussi,
et Louis s'aperçut bien qu'on avait parlé de lui depuis la veille.

« Ta tante a-t-elle bien crié? » demanda M. Lebeau.

» — Non, non, » dit Louis d'un ton qui marquait
sa disposition actuelle : dans ses nouveaux projets
de conduite envers sa tante, il eût regardé comme

une perfidie de sa part tout mot désagréable pour elle prononcé en son absence.

Les trois jours se passèrent d'une manière charmante, et cependant Louis ne s'affligeait pas de les voir finir. La nouvelle tâche qu'il avait entreprise occupait sa pensée, et l'occupait avec cet intérêt attaché à un succès qui dépend de vous. Il se représentait la joie de sa mère lorsqu'à son arrivée elle verrait changées en bonne intelligence les apparences d'aigreur qui l'avaient inquiétée : il aimait à penser qu'elle lui en saurait gré, et heureux de lui procurer cette satisfaction, il attachait une idée agréable aux soins qui devaient la lui procurer. Il se surprit en revenant à penser avec plaisir qu'il allait revoir sa tante, et la voir réconciliée avec lui : aussi fut-il un peu troublé en arrivant. Il était près de onze heures du soir ; et madame Ballier, dont l'imagination ne s'était pas échauffée comme celle de son neveu, le traita assez mal sur ce qu'il rentrait si tard. Louis, quoique étourdi de cette réception, était si rempli de ses bons sentiments, qu'il n'eut aucune peine à ne point se mettre en colère ; il répondit doucement qu'il était bien fâché d'avoir fait attendre sa tante. Madame Ballier, qui n'avait point compté sur cette réponse, n'eut rien à y répliquer. Les jours suivants, ce fut de même : quand madame Ballier grondait, Louis s'excusait, en sorte qu'elle ne gronda plus, ou seulement par habitude.

On la vit donner un jour, à dîner, un os à Barogo;
et elle conseilla même à Louis de lui mettre une
muselière, pour empêcher qu'il ne mangeât des
boulettes empoisonnées jetées dans les rues pendant
les chaleurs. Il est vrai que Barogo ne se souciait
pas de la muselière, et que Louis n'aimait pas ce qui
déplaisait à son chien, en sorte qu'il répondit que
Barogo sortait tard et après que les autres chiens
avaient mangé les boulettes. Alors madame Ballier
reparla tous les jours de la muselière, et Louis
s'obstina avec quelque chaleur à défendre l'opinion
de Barogo. Il arriva de là que madame Ballier, après
en avoir parlé, y revint continuellement par des al-
lusions indirectes et assez aigres. Louis s'était dit
d'abord : « C'est mon chien, cela ne regarde pas ma
tante. » Mais ensuite il pensa : « Si cela la regardait,
je devrais le faire puisqu'elle le veut, et c'est parce
que cela ne la regarde pas qu'il faut le faire pour la
contenter. » Cela lui causa un peu de peine, surtout
lorsqu'il fallut vaincre la résistance de Barogo, qui
n'avait pas fait les mêmes progrès que lui en complaisance. « Barogo, lui disait-il en attachant la muselière, il faut faire plaisir à ma tante. » Et au lieu
d'attendre, comme le font quelquefois les personnes
contrariantes, que sa tante lui eût encore cherché
querelle sur ce qu'il gâtait son chien, pour triompher d'elle, en lui montrant la muselière il lui dit :
« Ma tante, j'ai mis une muselière à Barogo; » et

comme Louis devenait tous les jours meilleur, il
ajouta : « Et cela ne l'a pas contrarié autant que je
le craignais. » Madame Ballier se contenta de répondre encore avec le ton de l'humeur: « Je le savais bien, » et n'oublia pas de rappeler tous les jours
à Louis de mettre la muselière de son chien. Mais
tous les jours aussi à dîner Barogo eut un morceau
de viande de madame Ballier; et comme il fut sensible à ce procédé et ne savait pas que c'était elle
qui lui faisait mettre la muselière, il commença à
table à remuer la queue en la regardant avec ses
yeux brillants, chose tout-à-fait nouvelle de sa part.
Et Louis ne pouvait assez admirer comme quoi la
raison et la douceur poussaient à tout le monde, depuis qu'il s'était avisé de les faire seulement entrer
dans la maison.

Cependant il trouva un jour Marianne en fureur.
Madame Ballier venait de lui dire qu'elle avait vu
des cerises mûres, et lui avait ordonné d'en aller
acheter. Marianne avait soutenu qu'elles n'étaient
pas mûres, protestant entre ses dents qu'elle n'y irait
pas, et s'emportant tout haut comme si on l'eût
poussée par les épaules pour l'y faire aller. Louis
voulut d'abord lui persuader qu'il n'était pas bien
difficile d'essayer d'avoir des cerises. La colère de
Marianne en augmenta. Alors il dit qu'il était sûr
que Marianne ferait pour lui des choses difficiles, et
qu'il avait grande envie d'avoir des cerises. « Bah!

dit Marianne, c'est pour que votre tante ne crie
pas.

» — Oui, Marianne, dit-il en souriant, de peur que
mon père qui est en route n'en entende le bruit; » et
il ajouta, en lui frappant doucement sur l'épaule :
« Ma petite Marianne, vous ne voudriez pas faire
mal à la tête à mon père? » Marianne secoua la tête,
lui dit qu'il était un adulateur, et alla chercher des
cerises.

Depuis que pour faire ce qu'il voulait Louis s'était
interdit tout autre moyen que la douceur, il en trouvait dans ce genre-là une foule qu'il n'aurait pas
imaginés auparavant. Le soir, il fit naître l'occasion
de dire à Marianne que les cerises étaient excellen-
tes, et de lui parler à ce propos de la joie qu'aurait sa
mère à voir les querelles diminuées dans sa maison,
et Marianne fut si contente d'avoir contribué à la pa-
cification, que le soir elle mit, de son propre mouvement, la lampe sur la table au lieu de la mettre sur
la cheminée, ce que jusqu'alors elle n'avait jamais
consenti à faire sans avoir été auparavant querellée
par madame Ballier.

Le temps avançait et M. Delong arrivait, quoique
bien lentement, étant obligé de voyager à très-pe-
tites journées et de s'arrêter souvent. On n'avait
plus qu'une semaine à l'attendre, et le dimanche qui
devait précéder son arrivée était la fête du village
où M. Lebeau avait sa maison de campagne. Cette

fête était célèbre dans les environs; il y avait une
belle foire, des danses au milieu d'une jolie prairie,
des jeux sur la rivière, des parties de bateau. Louis
devait y passer la journée avec la famille Lebeau;
il se promettait de grands plaisirs, triplés par la certitude d'une joie bien plus grande quelques jours
après l'arrivée de son père et de sa mère. Il avait
parlé de cette partie à sa tante; elle y avait consenti
avec une expression d'humeur qui n'avait pas
échappé à Louis, mais dont il n'avait pas eu le courage de chercher la cause. Cependant il s'aperçut
bientôt que sa tante était embarrassée pour aller
elle-même à la fête. Les personnes avec lesquelles
elle était le plus liée dans la ville se trouvaient ab-
sentes; les autres avaient leurs parties faites, où elle
ne pouvait entrer, ou qui ne lui convenaient pas.
Elle eut pendant trois jours un fond d'aigreur, et
Louis un sentiment de malaise dont il n'osait se rendre compte. Enfin il s'avoua que, s'il était mal à son
aise, c'est qu'il ne faisait pas son devoir; et de ce
moment il ne fut plus question que de se décider à
le faire : c'est plus de moitié de la besogne quand
on s'est décidé à le connaître.

Cependant, renoncer à sa partie avec la famille Lebeau, pour donner sa journée à sa tante, était un sacrifice dont, trois semaines auparavant, l'idée ne lui
serait seulement pas venue. Mais si près de l'arrivée
de sa mère, il était plus occupé que jamais du soin

de lui prouver que sa conduite avait été bonne en son absence, et trouvait fâcheux de gâter peut-être son ouvrage en laissant à sa tante un sujet d'humeur assez légitime. Cependant il hésitait; son cœur se serrait à l'idée de troubler cette perspective de joie qu'il avait eue devant les yeux. Une lettre de sa mère vint dissiper toute incertitude. Un mieux sensible avait permis à M. Delong d'accélérer sa route; il devait arriver le lundi soir. Madame Delong marquait en même temps à son fils des inquiétudes sur ses procédés envers sa tante, dont les dernières lettres qu'elle avait pu recevoir lui donnaient une assez mauvaise idée. Louis sourit en lui-même avec une sorte de triomphe des craintes de sa mère et de la joie qu'il lui préparait; et, rempli d'idées de bonheur, il se transporta si vivement au lundi, qu'il lui fut aisé de sauter par-dessus le dimanche. Il courut à sa tante, déjà instruite par une lettre de l'arrivée de son père, et se hâta de lui proposer de la conduire à la fête. Comme elle lui objecta qu'il s'amuserait davantage avec la famille Lebeau, il fut au moment de répondre : « C'est égal, ma tante. » Heureusement il s'arrêta à temps et répondit simplement qu'il aurait beaucoup de plaisir à aller avec elle; et cela était vrai, car en ce moment tout lui faisait plaisir.

Il alla ensuite chez M. Lebeau se dégager. M. Lebeau en eut de l'humeur et dit : « Comment ta tante n'a-t-elle trouvé personne pour se charger d'elle?

» — Toutes ses connaissances sont à la campagne, dit Louis; vous êtes peut-être dans la ville la personne qu'elle connaît le plus.

» — Et je ne la mènerai certes pas, dit M. Lebeau.

» — Je le sais bien, » dit Louis piqué, car peut-être avait-il pensé qu'un peu de complaisance de la part de M. Lebeau arrangerait tout.

« — Quel dommage! lui dit Eugénie à demi-voix en regardant son père du coin de l'œil; il y a tout plein de place dans le bateau.

» — Il n'y a de la place que pour nous, dit brusquement M. Lebeau, qui l'avait entendue ou devinée; et s'il allait faire capot, je ne veux pas avoir à courir après madame Ballier.

» — Il n'en est pas question, dit Louis encore plus mécontent; j'irai avec elle.

» — Et tu feras très-bien. » Pour la première fois M. Lebeau eut de l'humeur contre Louis, parce que Louis venait de le mettre dans le cas d'avoir tort, et pour la première fois aussi Louis trouva que M. Lebeau avait tort d'être si désobligeant envers sa tante.

Le lendemain il serait parti un peu triste s'il n'eût vu, en passant, la chambre de sa mère qu'on avait ouverte pour lui faire prendre l'air, et celle de son

père que Marianne achevait de mettre en ordre.
Cette vue le fit souvenir de la résolution d'être aimable pour sa tante, qui, de son côté, se montrait
toute complaisante. Barogo, dans les transports de
sa joie, put sauter plusieurs fois après elle, sans
qu'elle le repoussât avec colère. A la fête, Louis,
réduit à donner le bras à sa tante, qui ne marchait
ni vite ni beaucoup, ne pouvait s'empêcher de regarder autour de lui toutes ces bandes de prome-
neurs si vifs et si joyeux. On s'empressait sur le
bord de la rivière; on entrait en foule dans les ba-
teaux pour aller dîner dans une île peu éloignée,
d'où l'on revenait ensuite s'amuser dans la prairie.
Madame Ballier voulut louer un bateau; il n'y en
avait plus, ni de place dans aucun. Louis vit en soupirant qu'il fallait faire le sacrifice complet de sa
journée; et madame Ballier était elle-même assez
décontenancée de ne savoir comment l'employer.
Ils virent de loin M. Lebeau prêt à s'embarquer avec
sa famille. Louis les regardait, mais sans bouger de
sa place. M. Lebeau l'appela d'un signe, et il demanda à sa tante la permission d'aller lui parler.

« As-tu un bateau? » lui demanda M. Lebeau.
Louis répondit que non. Qu'est-ce donc! dit M. Lebeau d'un air de malaise, et Louis comprit sa pensée; car en effet le sien aurait contenu encore aisément six personnes.

« Est-ce que ta tante, dit M. Lebeau, ne pourrait

pas s'accrocher à quelque autre société? Tiens, j'en vois là-bas qu'elle connaît. Toi, tu viendras avec nous. » Louis ne put s'empêcher de regarder aussi; mais aussitôt rentrant en lui-même : « En vérité, dit-il, M. Lebeau, je ne le lui proposerai pas; vous trouveriez vous-même que j'aurais tort. » Et il s'en allait, et Eugénie le retenait doucement par son habit.

M. Lebeau s'arrêta, puis tout d'un coup il reprit : « Eh bien! donc, puisque cela ne peut s'arranger autrement, amène aussi ta tante; nous tâcherons de lui trouver une place. »

Louis demeurait en suspens, ne sachant s'il devait accepter. « Va le lui proposer, Charles, » dit madame Lebeau, qui depuis longtemps désirait de voir finir ces picoteries entre son mari et madame Ballier; et, sans attendre un ordre, Eugénie partit avec Charles pour aller engager madame Ballier à entrer dans leur bateau, et, en personne bien avisée, ajouta que sa mère serait venue elle-même, si elle n'avait eu à veiller sur sa petite sœur. Madame Ballier fit quelques difficultés, ce qu'il en fallait pour la dignité : mais Louis arriva, prit son bras, trancha toutes ses objections, et n'avait pas dit, « Dépêchons-nous donc, » que déjà ils étaient en chemin, madame Ballier marchant le plus vite qu'elle pouvait, et Charles avec Eugénie couraient devant avec des sauts et des cris de victoire. Le mouvement de l'arrivée, de l'entrée en bateau, sauva à madame Ballier l'embarras de montrer trop d'empressement ou trop de rancune; et M. Lebeau, en lui disant : « Allons, madame Ballier, mettez-vous là bien à votre aise, » ne fut pas plus brusque qu'il ne l'aurait été avec la personne dont la société lui aurait été le plus agréable. Madame Lebeau la combla de politesses. Eugénie s'empressa d'approcher sous ses pieds la planche qu'on avait mise en travers dans le fond du bateau, pour que les femmes n'eussent pas d'humidité. Et Louis pendant ce temps serrait la main à M. Lebeau avec une expression qui le toucha. « Allons, dit-il, tu es un bon garçon, je suis bien aise de t'avoir fait plaisir. » Et on partit.

La journée fut délicieuse. On dîna dans l'île. M. Lebeau se mit à sa manière en frais pour madame Ballier. Madame Ballier entra en belle humeur, et sa gaieté se trouva convenir tout-à-fait à celle de M. Lebeau : en sortant de table, ils étaient les meilleurs amis du monde; et M. Lebeau disait à Louis : « Au fond, c'est une bonne femme que ta tante. »

« Certainement, » répondit Louis d'un ton qui prouva qu'il ne voulait plus qu'on mît en doute les qualités de sa tante. En la rapprochant de ses amis, il s'était chargé d'avoir soin que ses amis fussent bien pour elle. Ses attentions attirèrent naturellement celles des autres; et la bonne Eugénie semblait n'avoir d'autre pensée que de le seconder. Aussi madame Ballier fut-elle la complaisance même; elle resta à la fête aussi tard qu'on voulut, revint presque sans se plaindre de la fatigue, d'autant que Louis avait soin de la faire rire toutes les fois qu'il fallait passer un mauvais pas. Enfin, en rentrant, ils trouvèrent une lettre qui leur annonçait pour le lendemain l'heure précise de l'arrivée. Madame Ballier déclara qu'elle voulait aller elle-même en avertir M. Lebeau, à qui elle devait bien cette politesse, parce qu'il avait été infiniment obligeant pour elle.

Enfin, le matin arriva, puis midi, puis quatre heures; puis on entendit la voiture, puis elle s'arrêta. On s'était bien répété qu'il fallait contenir sa joie pour ne pas ébranler le malade; cependant au moment où les portes s'ouvrirent, où l'on descendit l'escalier, le mouvement fut si bruyant que Barogo en aboya, Robinet s'enfuit, et Marianne ne savait plus où elle en était : mais tout s'arrêta à la vue de M. Delong, faible, encore privé du mouvement de plusieurs de ses membres, et qu'il fallait soutenir de tous côtés, et de madame Delong, pâle, et abattue des souffrances de son mari. On monta le blessé si doucement, qu'on n'entendait pas même les pas de ceux qui le portaient. On l'assit sur un fauteuil; on se plaça autour de lui sans remuer. Louis, debout devant son père, tantôt levait les yeux sur lui, tantôt les baissait, rencontrant les siens occupés à l'examiner. Son cœur battait : c'était un moment si grand, si imposant pour lui, que cette première entrevue avec un père qui l'avait quitté presque enfant, et le retrouvait prêt à devenir homme ! Madame Delong, avec un mélange d'inquiétude et de confiance, jetait les yeux alternativement sur son fils et sur son mari. Enfin madame Ballier, qui traduisait volontiers les scènes muettes en paroles, dit au colonel : « Je vous assure, mon neveu, que vous avez un fils très-aimable. » Et s'adressant à madame Delong : « Vous n'imaginez pas, ma nièce, combien il a gagné en votre absence. »

Louis baisa vivement la main de sa mère, dont la joie venait de colorer tous les traits. Ce moment lui apprenait qu'ils n'avaient pas cessé de se communiquer.

« Louis, dit M. Delong à son fils en lui tendant la main, ta mère me dit beaucoup de bien de toi, je sais qu'elle en pense encore plus, et je suis toujours disposé à penser comme elle. » Louis, en abaissant sa tête sur la main que lui tendait son père, fléchit à moitié le genou dans ce premier acte de sa reconnaissance envers un père dont il désirait si ardemment le suffrage. Ses yeux ensuite rencontrèrent ceux de sa mère : leurs sentiments étaient d'autant plus forts qu'ils étaient obligés de les contenir. Ce moment fut bien doux, ils ne l'oublieront de leur vie.

M. Lebeau arriva, déclara qu'il voulait qu'aussitôt que le colonel serait en état d'être de nouveau transporté, il vînt se rétablir chez lui à la campagne, et par la suite du discours comprit dans l'ivitation madame Ballier, qui répondit par un signe de tête gracieux. Madame Delong regardait avec étonnement son fils, qui souriait ; et Madame Ballier étant sortie : « Ce sorcier de Louis, dit-il à madame Delong, ne m'a-t-il pas forcé de me raccommoder avec la tante ? » et se tournant vers M. Delong : « Colonel, ce sera un maître homme que votre fils, c'est moi qui vous le dis. »

Combien madame Delong était heureuse, et comme les yeux de Louis rencontraient avec joie les regards ravis de sa mère qui ne pouvaient le quitter ! Leur félicité ne fut pas d'un instant. Louis raconta sans peine ses fautes à sa mère, parce qu'il les avait réparées, et lui avoua qu'il se sentait soulagé depuis qu'au lieu de chercher des torts à sa tante, il s'occupait à regarder ses bonnes qualités et à songer au respect qu'il lui devait, que dans son cœur il avait trop oubliés ; car les enfants et les jeunes gens ne savent pas assez quel mal ils commettent, quand même, sans en parler à personne, ils s'occupent en eux-mêmes à repasser sur les défauts des personnes qu'ils doivent respecter. Louis

éprouva que lorsqu'on regarde les choses comme
elles sont, il y a presque toujours du bien à penser
des personnes dont on ne voulait d'abord que penser
du mal. Il s'attacha à sa tante par le désir de lui
plaire, et madame Ballier de son côté le prit dans
une telle affection qu'il n'aurait pas fallu s'aviser de
blâmer ou de contrarier Louis devant elle; lorsqu'il
la trouvait en querelle avec Marianne ou Barogo, il
suffisait qu'il s'entremît pour que la querelle cessât.
Cette nouvelle manière d'être a répandu la douceur
dans l'intérieur de madame Delong; et Louis éprouve
dans toutes les occasions l'avantage d'avoir appris à
se rendre maître de soi, ce qui conduit presque toujours à faire faire sa volonté aux autres; car celui
qui marche avec réflexion, regardant toujours où il
pose son pied, au lieu de se jeter au hasard de son
humeur dans tous les bourbiers qui se rencontrent,
est toujours celui qui finit par mener la bande.

Quand le curé eut terminé son histoire, il leva la
tête, et regardant les enfants : « Ah ça, dit-il, qui
aimeriez-vous mieux être de madame Ballier ou de
Louis ?

» — Ah ! par exemple, répondit Amédée, cela n'est
pas difficile à décider.

» — Vous voyez bien, monsieur le curé, dit Paul,
qu'on aime toujours mieux être une personne qui est
aimable qu'une personne qui ne l'est pas.

» — Il est sûr, reprit Julienne de son ton dédai-

gueux, que cela ne valait pas la peine de le demander.

» — C'est singulier; je croyais, moi, dit le curé,
qu'il se rencontrait quelquefois des personnes qui
aimaient mieux ne pas être aimables. »

Julienne haussa les épaules, et Amédée fit un
grand éclat de rire.

« — Ah! c'est Julienne, » s'écria Paul en sautant
et en frappant dans ses mains.

« — Pas du tout, reprit le curé, car je vois fort
bien que mademoiselle Julienne est fâchée quand
quelqu'un a l'air de trouver qu'elle n'a pas été aussi
aimable qu'à son ordinaire : prouve qu'elle a grande
envie de l'être. »

Julienne rougit; elle ne savait pas bien si le curé
parlait sérieusement ou en plaisanterie; car en effet
plusieurs fois, lorsque son humeur avait été passée,
elle avait eu du chagrin de s'y être livrée, surtout
en présence de personnes qui en paraissaient cho-
quées. « Mon Dieu oui! dit Amédée, quand elle a fait
une bêtise, elle est si fâchée que cela lui en fait faire
une autre. Tu sais bien ce matin quand tu as jeté
ton ouvrage dans l'écuelle de Zémire, parce que
maman t'avait sonnée deux fois pendant que tu étais
occupée à défaire un nœud à ton fil ?

» — Eh bien! tenez, monsieur le curé, s'écria Paul,
elle était si en colère d'avoir jeté son ouvrage dans
l'eau qui était dans l'écuelle, que, quand je l'en ai

tiré pour le lui rapporter, elle me l'a arraché des
mains, et m'a tout égratigné le doigt avec son aiguille. »

Et Paul, tout échauffé du souvenir de son aventure, montrait l'égratignure de son doigt, tandis que
Julienne avait peine à retenir ses larmes, tant elle
était honteuse de cette faute et désolée qu'on l'eût
racontée au curé.

« — Vous savez bien que je ne l'ai pas fait exprès,
dit-elle d'une voix altérée; mais il faut toujours
qu'Amédée soit après moi; » et pour le coup ses larmes commencèrent à couler.

« — Tranquillisez-vous, ma bonne demoiselle,
reprit le curé d'un ton affectueux, ces petits jeunes
gens ne savent pas combien il est chagrinant pour
une demoiselle raisonnable de ne l'avoir pas été
tout-à-fait autant qu'elle le devrait; mais je vous
apprendrai un moyen de les faire taire. »

Julienne secoua la tête en soupirant.

« — Vous verrez mon histoire, ajouta le curé,
elle sera pour vous toute seule, et nous en raison-
nerons après. »

Le lendemain, le curé apporta à Julienne l'histoire
suivante, qu'il lui lut en particulier, parce qu'il
s'était aperçu que comme elle commençait à être
grande, le meilleur moyen d'obtenir sa confiance
était de ne pas blesser son amour-propre, surtout
devant ses frères, qui n'auraient pas manqué dans

cette occasion de faire des comparaisons désagréables pour elle.

—

LA PRINCESSE.

« Cela est bien insupportable, » disait Adèle, en se promenant avec agitation de la fenêtre de la cour au perron qui donnait sur le jardin.

« — Qu'as-tu ? » dit sa mère, qui entrait en ce moment, et l'avait entendue.

« — Mais voyez, maman, dit Adèle, un peu embarrassée, voilà qu'il est dix heures passées (il était dix heures cinq minutes), et papa ne revient pas de la chasse. Nous ne déjeunerons jamais.

» — Tu le crois ? Cela serait très-fâcheux, au moins.

» — Papa avait bien dit qu'il reviendrait à dix heures.

» — Je sens que cinq minutes de plus sont une chose impossible à supporter

» — Maman, j'ai faim.

» — Eh bien ! ma fille, tu n'es pas obligée d'attendre notre déjeuner ; le pain est sur la table, prends-en tant que tu voudras : il est certainement moins fâcheux de déjeuner avec du pain sec que de soutenir plus longtemps une chose *insupportable*. »

Adèle ne répondit rien ; car il aurait fallu conve-

nir qu'elle avait assez faim pour murmurer, mais
non pas pour déjeuner avec du pain sec, ce qui aurait prouvé qu'elle murmurait pour bien peu de
chose. C'était son défaut. La plus petite contrariété
lui paraissait toujours, selon son expression habi-
tuelle, une chose insupportable. Au moindre petit
mal, elle se lamentait, en occupait tout le monde,
voulait qu'on la plaignît, non pas qu'elle craignît
beaucoup la douleur, mais tout ce qui l'incommo-
dait ou la dérangeait le moins du monde lui paraissait la chose la plus fâcheuse et la plus extraordinaire. Il fallait qu'elle fût servie à point nommé,
que les choses même qui ne dépendaient de personne arrivassent précisément comme elle le désirait; autrement, elle s'en prenait à tout. Sa bonne
avait coutume de dire, pour se moquer d'elle, que
le bon Dieu manquait à son devoir lorsqu'il laissait
pleuvoir le jour où elle avait envie de sortir : tant
il semblait que tout dût être fait pour elle ou pour
sa commodité, et arrangé selon ses fantaisies; tant
il lui paraissait impossible de supporter les consé-
quences de la chose même qu'elle avait voulue, dès
qu'elles l'incommodaient un peu. Ainsi, elle voulait
faire une longue promenade, et dès qu'elle commençait à se sentir fatiguée, elle se plaignait,
comme s'il y eût eu de la faute des autres. Elle ré-
pétait trente fois : « Ce maudit château n'arrivera
jamais. » Car il lui semblait presque que c'était au

château à venir la chercher. Elle trouvait très-mauvais que sa mère ne lui permît pas de se pendre à son bras ou de s'appuyer sur l'épaule de sa sœur; car elle ne pensait jamais qu'à ce qui la regardait. Aussi ne concevait-elle pas qu'on ne se servît pas de la voiture quand les chevaux étaient employés à rentrer le foin, et que sa bonne ne se trouvât pas là pour l'habiller, lorsqu'on l'avait envoyée faire une commission dans le village. Sa petite sœur Amélie disait quelquefois :

« Adèle est toujours sûre d'avoir quelqu'un qui l'aimera, car elle s'aime bien. »

Ce qu'Amélie avait probablement entendu dire à quelque domestique; car ceux même qui étaient attachés à Adèle, à cause de la bonté de ses parents, étaient si fort impatientés de son exigence et de son humeur, qu'ils ne perdaient guère une occasion de se moquer d'elle. Sa mère cherchait à lui en faire sentir le ridicule; et lorsqu'elle l'entendait se fâcher pour quelques petites contrariétés, comme, par exemple, d'être obligée d'aller chercher son chapeau qu'Amélie avait, par mégarde, remonté dans leur chambre, elle lui disait :

« Adèle, est-ce que cela te fait mal au pied de monter dans ta chambre ?

» — Non, maman; mais...

» — Ou bien tu as sûrement peur de rencontrer en chemin quelque loup qui te mange. »

Adèle aurait haussé les épaules si elle l'eût osé.

« Il faut, ma fille, que cela doive te causer quelque grand mal pour te déplaire si fort.

» — Mais, maman, cela me dérange.

» — Et cela te fait donc mal de te déranger ?

» — Je n'aime pas à me déranger.

» — Pourquoi, si cela ne te fait pas de mal ? »

Adèle alors ne trouvait autre chose à dire, si ce n'est : « Amélie aurait bien pu se passer de le remonter. » Alors madame de Vaucourt ne l'écoutait plus; elle avait soin seulement d'empêcher que personne ne souffrît de son humeur ou ne s'en occupât. Cependant il arrivait souvent que, pour se débarrasser d'elle, les domestiques faisaient tout de suite ce qu'elle voulait, et la petite Amélie, qui aimait par-dessus tout à rire, à s'amuser, et haïssait d'entendre grommeler, craignait extrêmement de faire quelque chose qui déplût à sa sœur.

M. et madame de Vaucourt voyaient très-peu de monde à la campagne. Cependant il arriva qu'une princesse polonaise qu'ils avaient connue autrefois, étant venue à Paris, leur manda qu'elle viendrait passer huit jours chez eux. Voilà les enfants en grand émoi. Adèle s'imaginait, comme toutes les petites filles, qu'une princesse est une personne extraordinaire, et Amélie ne pensait pas qu'elle pût porter ses robes autrement que brodées en or. Adèle ne doutait pas que pour l'arrivée de la princesse, sa

4

mère ne lui fît faire un chapeau neuf, et lui demanda
comment il faudrait s'habiller pendant que la princesse y serait. Elle fut confondue quand sa mère, lui
riant au nez, lui dit de s'habiller comme à l'ordinaire. « Quoi ! maman, même ma robe de toile,
bonne pour le matin? » Sa mère l'assura qu'elle ne
voyait rien à changer à sa toilette. Ce fut pour le
coup qu'Adèle eut une véritable humeur, et même
beaucoup de chagrin; mais cette fois elle n'osa rien
dire, parce qu'elle vit bien qu'on se moquerait d'elle.
Seulement, pendant les huit jours qui précédèrent
encore l'arrivée de la princesse, elle fut quatre fois
plus grognon qu'à l'ordinaire, disant, dès qu'on l'ap-
prochait, qu'on allait tacher sa robe, jetant les hauts
cris dès qu'une goutte de pluie tombait sur son chapeau; et Amélie disait que c'était de peur qu'il ne
fût pas assez propre pour l'arrivée de la princesse.
Amélie remarqua aussi que sa sœur, à qui on ne
pouvait faire porter des souliers tant soit peu éculés,
parce qu'elle prétendait que cela la gênait pour
marcher, ne porta pendant huit jours que de vieux
souliers, afin de garder les neufs pour l'arrivée de
la princesse.

Enfin elle arriva. Les petites filles étaient sur le
perron; elles furent fort étonnées de la voir vêtue à
peu près comme leur mère; mais elle avait des armes sur sa voiture, des livrées très-galonnées; tout
cela frappa fort Adèle, qui d'ailleurs s'était préparée

depuis si longtemps à la regarder comme une personne très-considérable, qu'elle ne voulait pas perdre l'idée qu'elle s'en était faite. Aussi, lorsqu'en
montant le perron, le petit Stanislas, fils de la princesse, lui marcha sur le pied, Adèle, pour la première fois de sa vie, supporta cet accident sans se
plaindre. Elle fit plus : en entrant bien vite dans le
salon après la princesse, pour la considérer plus à
son aise, sa sœur, sans le faire exprès, lui toucha le
coude en passant ; Adèle ouvrit la bouche pour se
fâcher, mais elle se contint, parce que la princesse
se retourna dans ce moment. A peine était-on dans
le salon que le petit chien de la princesse mit ses
pattes dans la corbeille à ouvrage d'Adèle, qui se
trouvait sur un fauteuil, jeta par terre son dé, son
étui, ses ciseaux, et se mit à courir autour de la
chambre, emportant l'ouvrage dans sa gueule, et le
secouant autour de ses oreilles. Amélie jetait les
hauts cris. Dans un temps ordinaire, un pareil malheur aurait été le sujet d'une heure de désespoir et
de lamentations. Adèle ne tapa seulement pas du
pied ; elle ramassa toutes ses affaires, courut après
le chien, mais pas trop vite, de peur d'avoir l'air en
colère ; et, quoiqu'elle fût rouge d'impatience quand
elle l'attrapa, elle ne dit pas un seul mot à Stanislas,
qui avait ri de tout son cœur de la peine qu'elle avait
eue à reprendre son ouvrage. Stanislas demanda à
aller dans le jardin, et quand madame de Vaucourt

dit à ses filles de l'y accompagner, Adèle ne commença point par dire qu'il pourrait bien y aller tout seul. Dans le jardin, Stanislas, qui était fort mal élevé, lui jeta du sable dans ses souliers, sans qu'elle y trouvât à redire, et, en rentrant dans le salon, la première chose qu'il fit fut d'aller s'asseoir sur la chaise que s'était appropriée Adèle, sujet éternel de disputes entre elle et sa sœur, à qui elle ne permettait jamais de s'y asseoir, à moins que madame de Vaucourt ne l'ordonnât absolument. Amélie, qui commençait à être familière avec Stanislas, le tira par le bras, en lui disant : « Ote-toi donc, c'est la chaise de ma sœur. » Et Adèle, toute honteuse, tira de son côté le bras de sa sœur, en lui disant à demi-voix de se mêler de ses affaires.

« Mais il est sur ta chaise, dit Amélie.

» — Qu'est-ce que cela te fait?

» — Eh bien! je m'y assiérai après lui. » Et dès que Stanislas eut quitté la chaise, elle en prit possession, sans que, devant la princesse, Adèle crût pouvoir songer à l'en empêcher. Elle la quitta bientôt pour aller ôter à Stanislas le damier de sa sœur qu'il se préparait à ouvrir. « Je veux jouer avec les dames, » criait le petit garçon. Et Amélie criait de son côté : « Ma sœur ne veut pas qu'on y touche. » Et Adèle, tout alarmée de l'idée que la princesse allait prendre d'elle, courut ôter le damier des mains d'Amélie pour le donner à Stanislas,

« —Eh bien ! je jouerai aussi avec, » dit Amélie !
Et Stanislas se mit à faire rouler les dames par terre.
Amélie voulut d'abord l'en empêcher, et ensuite se
mit à les faire rouler plus fort que lui. Quand il
quitta le jeu, elle voulut les lui faire ranger, mais il
l'entraîna dans le jardin, et cria, de la porte, qu'il
fallait laisser les dames où elles étaient, parce qu'il
allait revenir jouer avec. Le lendemain, il s'en
trouva deux de perdues. Amélie vint le raconter
d'un air tout effaré ; et comme on ne paraissait pas
l'écouter avec assez d'attention : « Mais, c'est que
c'est le damier de ma sœur, dit-elle.

» — Qu'est-ce que cela fait ? dit précipitamment
Adèle.

» —Ah ! si c'était moi, dit Amélie, qui les eusse
perdues ! » Un signe de main lui imposa silence.

« —Adèle a l'air bien doux et bien raisonnable, »
dit la princesse. Adèle, en ce moment, les yeux
baissés, n'osa regarder ni sa mère ni sa sœur.

Cela dura encore quelques jours. A table, le vieux
domestique de madame de Vaucourt, qui n'était pas
leste, et ayant plus de choses à faire, ne pouvait pas
la servir tout de suite, s'étonnait de ne pas s'entendre dire d'un ton d'humeur : « Chambéri, vous ne
voulez donc pas me donner une assiette ? » Il lui
disait : « Mon Dieu, mademoiselle Adèle, comme
vous voilà raisonnable et posée depuis quelques
jours ? — C'est parce qu'elle a peur de la princesse, »

répondait en riant la maligne Amélie. Adèle, que cela commençait à impatienter, était quelquefois prête à s'oublier, mais Amélie s'enfuyait en riant dans le salon, où elle savait bien qu'Adèle n'oserait la gronder. Stanislas, dont elle avait fait son ami intime, riait aussi en la voyant rire, sans savoir pourquoi. Adèle, quoiqu'elle étouffât d'impatience, tâchait de sourire, de peur qu'une indiscrétion d'Amélie n'apprît aux autres la cause de son humeur. Cependant son caractère l'aurait emporté à la fin ; elle commençait même à traiter quelquefois assez rudement Stanislas et le petit chien, lorsque heureusement la princesse partit. Les premiers jours après son départ se ressentirent encore de l'habitude qu'avait eue Adèle de contenir son humeur ; mais, comme d'un autre côté Amélie avait pris l'habitude de la moins craindre et de se moquer d'elle, les disputes ne tardèrent pas à recommencer. Ce fut d'abord au sujet de la chaise qu'Amélie prenait sans façon, ôtant même l'ouvrage de sa sœur lorsqu'elle l'avait mis dessus, comme pour la garder en son absence. Adèle se fâcha : « Je croyais cette fantaisie passée, » dit madame de Vaucourt.

« Oh ! maman, reprit Amélie, c'était à cause de la princesse. »

Madame de Vaucourt observa qu'il fallait qu'elle eût trouvé à cet enfantillage quelque chose de bien ridicule, puisqu'elle n'avait osé le montrer à la princesse ; ainsi, qu'elle espérait qu'il n'en serait plus question. La raison était sans réplique, et d'ailleurs le ton de madame de Vaucourt n'en permettait guère. Adèle se contenta donc de s'en aller, en jetant la porte de toutes ses forces. Sa mère la rappela.

« Ma fille, lui dit-elle, quand la princesse était ici, vous fermiez doucement les portes; comme cela me prouve que vous pouvez le faire sans vous incommoder absolument, je vous prie d'y prendre garde. »

Adèle, obligée de tirer la porte avec précaution, s'en alla passer dans le jardin une humeur à laquelle elle voyait bien qu'on était déterminé à ne plus laisser d'excuse. Le soir, à la promenade, on se trouva obligé de suivre un chemin bourbeux. Adèle disait que cela était insupportable.

« Bon ! dit sa mère, cela ne te fait plus rien. L'autre jour, avec la princesse, nous nous sommes trouvées dix fois plus embourbées, et tu n'as pas dit un mot.

» — Cela ne m'empêchait pas de le trouver fort désagréable.

» — Pourquoi donc n'en disais-tu rien?

» — Mais cela n'était pas nécessaire.

» — Apparemment que cela est nécessaire aujourd'hui ?

» — On ne peut donc jamais dire ce qui déplaît? reprit Adèle du ton le plus impatient.

» — C'est à toi que je le demande, ma fille : c'est toi qui sais les raisons que tu as eues pour n'en pas parler devant la princesse. »

Après avoir réfléchi, Adèle imagina de dire que sa mère lui avait recommandé d'avoir un bon main-tien devant les étrangers. Madame de Vaucourt lui observa qu'elle lui avait recommandé d'avoir tou-jours un bon maintien. « Mais, ajouta-t-elle, puisque tu penses que pour avoir un bon maintien devant les étrangers, il ne faut pas se plaindre, pourquoi l'autre jour, devant la princesse, lorsque tu t'es cou-pée, as-tu dit que cela te faisait mal, as-tu mis ton doigt dans l'eau, et l'as-tu tenu ensuite enveloppé une heure dans un mouchoir?

» — Mais, maman, cela me faisait bien du mal.

» — Tu crois donc qu'il est permis de se plaindre devant les étrangers des choses qui font vraiment du mal? Suppose aussi que l'on t'eût écrit, de la pen-sion, que ton frère était malade, est-ce que tu n'au-rais pas cru pouvoir t'en affliger devant la prin-cesse?

» — Si fait, en vérité, maman, reprit vivement Adèle.

» — Tu vois donc bien que toutes les fois que les choses en valent la peine, on peut s'en plaindre de-vant les étrangers; il n'y a que celles qui n'en va-lent pas la peine dont il est ridicule de se plaindre devant eux ; et, puisqu'elles n'en valent pas la peine, il est tout aussi ridicule de s'en plaindre quand ils n'y sont pas. »

Ce raisonnement n'aurait peut-être pas convaincu Adèle; mais dès ce moment, toutes les fois qu'elle disait qu'une chose était *insupportable*, sa mère lui répondait : « Elle ne l'était pas du temps de la princesse. » Amélie ne se laissait plus brusquer sans parler de la princesse, et Chambéri, si Adèle le grondait, lui disait : « Ah ! je vois bien, mademoiselle Adèle, que madame la princesse aurait besoin de revenir. » Elle commença par s'impatienter horriblement de cette mauvaise plaisanterie; ensuite il lui prit une grande frayeur qu'à force d'être répétée, elle ne parvînt aux oreilles de la princesse; en sorte que, pour éviter qu'on lui parlât, elle tâcha de s'impatienter moins. Lorsqu'elle eut commencé à croire qu'il était possible de réprimer les mouvements de son humeur, elle trouva que cela était fort aisé; elle s'aperçut que les trois quarts des choses pour lesquelles elle se fâchait ne lui faisaient au fond rien du tout, et que le seul mal réel qu'elle en ressentit, c'était elle qui se le donnait en prenant de l'humeur. Elle revit la princesse quelques années après, et rougit un peu en songeant à tout ce que sa première visite lui avait attiré; mais les autres n'y pensèrent pas, car Adèle ne murmurait plus.

« Eh bien! dit le curé à Julienne, quand il eut fini son histoire, qu'en pensez-vous?

» — Je pense, répondit Julienne un peu mécontente, que c'était une petite fille bien ridicule avec sa princesse.

» — Comment ! ridicule de se corriger !

» — Non ; mais de se corriger pour la princesse.

» — Quand on se corrige, il faut bien que ce soit pour quelque chose.

» — Il y avait bien d'autres choses plus importantes, répliqua Julienne avec un peu de fierté, qui auraient dû l'engager à se corriger.

» — Puisque vous savez ces choses-là, mademoiselle Julienne, dites-les moi et nous en ferons une histoire.

» — Une histoire ! » demanda Julienne incertaine si elle devait rire ou se fâcher.

— « Sûrement ; je la commencerai à l'endroit où mademoiselle Julienne a découvert qu'il y avait beaucoup de bonnes raisons pour se corriger de ses défauts, et je la finirai en disant : Mademoiselle Julienne, qui n'avait d'autre défaut important que de prendre de l'humeur quand quelque chose lui déplaisait, s'en est corrigée et est devenue une demoiselle toute charmante. »

En ce moment, les deux petits garçons, très-contrariés de ce que le curé ne les avait pas admis à sa conversation avec Julienne, vinrent le tourmenter pour savoir au moins l'histoire. « Je vous la raconterai, leur dit-il, quand vous ne tourmenterez plus votre sœur. » Car, en corrigeant Julienne, il ne voulait pas encourager de mauvaises habitudes dans les autres ; puis se tournant vers elle : « Vous savez à présent, mademoiselle Julienne, comment il faut s'y prendre pour les faire taire.

» — Vraiment, dit Julienne, ce n'est pas à eux que cela donnera beaucoup de peine.

» — Mais à qui le profit? » demanda le curé; et Julienne parut se plaire à l'idée d'être un jour corrigée d'un défaut qui lui faisait passer des moments fort désagréables; elle était d'ailleurs touchée et flattée des soins que se donnait le curé pour lui être utile.

Il commençait à pleuvoir : Julienne, dont le chapeau était presque neuf, voulut rentrer dans la maison; mais il y avait avant d'y arriver un grand parterre à traverser, et l'ondée devint en un instant si forte qu'il fut impossible de l'éviter. Julienne en courant s'accrocha à un treillage qui déchira sa robe et la fit tomber; le curé, qui ne courait pas, arriva cependant assez à temps pour la relever, et, la croyant assez disposée à se fâcher, il lui dit : « La Providence vous a donné bien promptement, mademoiselle Julienne, l'occasion de fournir un beau trait à notre histoire. »

Julienne prit sur elle de ne pas répondre, et c'était beaucoup; car outre son chapeau gâté et sa robe déchirée, elle était remplie de crotte depuis les pieds jusqu'à la tête, et s'était fait mal au genou. Le curé lui donna le bras pour la ramener à la maison, et elle put remarquer que, bien qu'en la touchant il eût crotté la manche et la basque de son habit, et que, sans le faire exprès, elle eût en marchant rempli son soulier d'une flaque d'eau, il ne donna pas le moindre signe de mécontentement. Cependant, lorsqu'elle rentra dans le salon, Zémire ayant sauté après elle pour lui témoigner sa joie de la voir, elle fut près de lui donner un coup de pied; mais elle se contint, et le curé, voyant son mouvement, lui dit : « Je vais écrire sur mes tablettes que Zémire n'a pas eu le coup de pied. » Si Julienne sourit, ce fut peut-être du bout des lèvres; et ses frères qui arrivèrent en cet instant s'étant avisés de rire de sa figure, ils allaient sans doute porter le poids du chagrin qu'elle avait contenu, si le curé ne lui avait dit : « Je vois bien, mademoiselle Julienne, que ces garnements-là ne mériteront pas que je leur conte l'histoire de la princesse, jusqu'à ce que vous les ayez tout-à-fait corrigés. » Alors Julienne se sauva dans sa chambre, où elle changea de robe; mais ce ne fut pas, à ce que l'on croit, sans brusquer plus d'une fois sa bonne, qui s'empressait pour l'aider; du moins est-il certain que lorsqu'elle redescendit, sa mère lui ayant fait compliment sur la patience avec laquelle elle avait supporté son accident, Julienne ne put s'empêcher de rougir.

Depuis ce jour, toutes les fois que le curé venait
au château, il demandait à Julienne s'il y avait quelque chose à ajouter à l'histoire : de temps en temps,
Julienne secouait la tête, car elle n'avait rien de bon
à dire ; d'autres fois, elle souriait, parce qu'elle était
contente d'elle. Dans ces occasions-là, elle aimait à
s'entretenir avec le curé des tentations auxquelles
elle avait été exposée ; mais en les racontant, elle
les trouvait bien moins grandes qu'elle ne les avait
crues dans le moment, et sentait beaucoup mieux
combien il aurait été ridicule d'y céder, ce qui la
confirmait dans ses bonnes résolutions. Ce qui l'y
confirmait aussi, c'était la satisfaction qu'on lui témoignait de ses progrès. Elle fit avec ses parents un
voyage à Paris qui dura trois ans ; pendant ce temps,
elle entretint une correspondance suivie avec le curé
de Chavignat. Quand elle revint, elle avait dix-sept
ans, et fut heureuse de penser qu'il la retrouverait
tout-à-fait corrigée. Amédée, au lieu de la tourmenter, avait de la considération pour elle ; car elle ne
le grondait plus injustement, ce qui avait accoutumé
Amédée à l'écouter lorsqu'elle l'avertissait doucement de ses fautes. Aussi n'avait-elle pas fait difficulté de lui conter l'histoire de la princesse ; et
Amédée, qui, le jour de son arrivée, en parlait au
curé de Chavignat, lui dit : « Assurément, Julienne
n'a jamais été si maussade que cela, » et le bon curé
fut heureux de savoir les défauts de Julienne si bien

cachés, qu'on les avait même oubliés. Pendant ce temps, Julienne cherchait son sac qu'elle avait égaré; et quoiqu'il se passât une demi-heure avant qu'elle pût le retrouver, et que, durant cet intervalle, Paul la tracassât par mille enfantillages, elle ne se fâcha pas une seule fois.

« Puisque mon histoire est si bien finie, lui dit le curé quand elle eut trouvé son sac, apprenez-moi donc, mademoiselle Julienne, comment vous vous y êtes prise? »

Julienne rougit et sourit, puis répondit : « En pensant toujours tellement, grâce à vous, monsieur le curé, au désir que j'avais d'être raisonnable, que cela me faisait passer de la tête ce qui aurait pu m'en empêcher. »

CAROLINE

ou

L'EFFET D'UN MALHEUR.

— Je suis charmée que Robert soit parti, s'écriait Caroline de Manzay en entrant dans la chambre de sa mère; je n'ai jamais vu personne de si maussade !

— Quoi! dit madame de Manzay, pas même Denis?

— Oh ! c'est bien différent : Denis est taquin, impatientant, il touche à tout, et se fâche quand on veut l'en empêcher; il est moqueur, colère, et lorsqu'on le contrarie, il dit de vilaines injures; mais on sait que c'est un enfant, et on le lui passe.

— Tu ne le lui passais pas trop; vous étiez toujours en querelle, et tu lui disais bien aussi quelquefois de vilaines injures.

— C'est égal, je l'aime mieux que Robert.

— Robert, cependant, no te taquinait pas; il est raisonuable, lui.

— Je crois bien, il a vingt ans, aussi comme il est fier! Parce qu'il a cinq ans de plus que moi, il me traite toujours en petite fille, et il m'a dit aujourd'hui que j'étais un enfant gâté.

— Robert n'est pas le premier qui le dise, mon enfant; mais à propos de quoi t'a-t-il fait ce compliment?

— Parce que Denis, qui est toujours content quand quelque chose me déplaît, était venu me conter d'un air de triomphe que uous passerions par le chemin que je n'aime pas, pour conduire lui et Robert jusqu'au village. J'ai soutenu que non; il m'a assuré que si, et qu'il avait entendu mon père donner à son garde l'ordre de l'attendre à la barrière verte, parce qu'en revenant il verrait les sapins qu'on doit couper. J'ai dit qu'alors je ne sortirais pas, et Robert s'est moqué de moi, et a prétendu que si mon père le voulait, je serais bien forcée de sortir et d'aller par où il lui plairait. Tout cela m'a fâchée, et quand mon père est arrivé, je l'ai tant tourmenté qu'il a dit que nous prendrions par où je voudrais, et qu'il verrait plus tard les sapins. « Eh bien! ai-je dit à Robert, pendant que mon père était un peu loin, c'est à moi à me moquer de vous à présent. — Je ne vous le conseille pas, m'a-t-il répondu d'un air très-dédaigneux; il n'y a pas de gloire à être un enfant gâté et à en abuser. » Puis il m'a tourné le dos. Oh! je le déteste; aussi quand il est monté en voiture, je n'ai pas voulu lui dire adieu; il s'est approché pour m'embrasser, mais je lui ai tourné le dos à mon tour.

— En a-t-il eu l'air bien chagrin?

— Cela ne lui a rien fait; il s'est mis à rire et m'a dit : Adieu, Caroline; tâchez de devenir plus raisonnable, vous en avez besoin.

— Et Denis, comment vous êtes-vous séparés?

— Très-bien; je lui ai parlé, à lui.

— Que lui as-tu dit?

— Que j'étais charmée qu'il s'en allât, parce qu'il était trop mal élevé, et il m'a répondu qu'il en était très-content aussi, parce que j'étais trop volontaire et trop susceptible. Au fond, je ne l'aime guère non plus, Denis, et c'est un grand débarras de ne plus l'avoir. Nous serons longtemps sans le revoir, n'est-ce pas?

— Trop longtemps; son tuteur compte aller en Amérique, et l'y emmener; Dieu sait quand il reviendra!

— Oh! j'en aurai toujours assez; il est si insupportable! Et Robert?

— Il va voyager quatre ou cinq ans.

— C'est bien heureux.

— Mais, mon enfant, songe donc que Robert est neveu de ton père, et que Denis est fils de ma pauvre sœur; ils sont tous les deux tes plus proches parents et devraient être tes meilleurs amis.

— De jolis amis ! l'un me contrarie et l'autre me méprise.

— Je conviens que Denis est taquin et Robert dédaigneux ; mais cela leur passera.

— Oh ! certainement non.

—· Quoi, de bonne foi, tu penses qu'à vingt ans Denis effacera ton dessin ou soufflera ta lumière ?

— Il fera autre chose ; et puis, quand il se corrigerait, Robert resterait toujours le même.

— J'espère que non ; il gagnera avec l'âge la douceur qui lui manque. Mais s'il ne changeait pas, tu changerais, toi ; et lorsque tu ne seras plus un enfant gâté, il ne te nommera pas ainsi.

— Ce n'est pas sûr ; il est si peu aimable. Au reste, cela m'est égal ; je ne me soucie pas de son opinion.

— Je le vois bien, mon enfant, dit en souriant sa mère, tu en parles avec tant de calme ! »

En ce moment, Caroline entendit son père qui l'appelait, et sortit en courant pour aller le rejoindre : elle était toujours charmée de se trouver avec lui, et répondait de tout son cœur à la tendresse passionnée qu'il lui témoignait. Restée seule de huit filles qu'avaient eues M. et madame de Manzay, Caroline leur avait donné pendant son enfance les plus vives inquiétudes sur sa santé ; toujours agités de la crainte de la perdre, ses parents n'avaient pensé qu'à la conserver ; ils eussent craint que la plus lé-

gère contrariété ne mît en danger cette frêle
existence, ou n'obscurcît une vie qui ne devait peut-
être pas être de longue durée. Ces cruelles angoisses
avaient cessé depuis quelques années; mais Caroline
avait été longtemps habituée à faire sa volonté, et
l'effet avait survécu à sa cause. Elle ne connaissait
d'autre règle que celle de son caprice ou les mouvements de son cœur, naturellement droit et généreux. Quand sa fantaisie ou son amour-propre n'é-
taient pas mis en jeu, elle était disposée à tout faire
pour obliger, et elle répandait autour d'elle la gaieté
de son âge; mais si quelque chose la contrariait, on
n'en pouvait plus rien obtenir, et sa bonté même
était trop faible pour l'emporter sur son humeur.
Dans ces mauvais et très-fréquents moments elle
répondait avec impatience à sa mère, refusait à son
père de se promener avec lui ou de lui chanter les
airs qu'il aimait, ou brusquait son petit frère, qu'elle
aimait cependant de tout son cœur, et qu'elle regardait presque comme son enfant. Agée déjà de dix
ans quand Étienne vint au monde, elle était habituellement bonne et complaisante pour lui; elle passait quelquefois des heures entières à lui arranger
un château de cartes, ou à lui conter des histoires. Il
est vrai qu'elle n'aimait pas qu'il s'amusât avec les
autres : ne pouvant se l'approprier pour elle, comme
ses parents, elle se l'appropriait pour lui; mais enfin elle se l'appropriait, et l'un de ses plus grands

motifs d'humeur contre Denis était la préférence qu'Étienne donnait à ses histoires sur celles de Caroline, et à ses jeux bruyants sur les plaisirs plus calmes que lui procurait sa sœur.

— Que vous importe qu'Étienne s'amuse mieux avec Denis qu'avec vous ? lui dit un jour Robert.

— Cela me déplaît.

— Mais pourquoi ?

— Parce qu'il est trop fantasque. Il y a huit jours qu'il me dérangeait à tout instant pour lui recommencer la *Chatte merveillleuse*, et maintenant quand je l'appelle pour la lui conter, il me dit que cela l'ennuie.

— Je le crois bien ; vous le lui proposez quand Denis est au plus beau moment d'une histoire de voleurs ou de batailles.

— Aussi j'ai prié vingt fois Denis de ne plus lui conter de pareilles histoires ; mais il ne se soucie pas de ce qu'on lui dit.

— Étienne en serait bien fâché, je vous assure : regardez comme il est attentif.

— Oui, et moi, qu'est-ce que je ferai pendant qu'Étienne écoutera Denis ?

— Vous finirez le dessin que votre père vous a demandé ce matin, et que vous n'avez pas, dites-vous, le temps d'achever.

— Certainement non, il m'ennuie trop ; et si l'on m'en parle encore, je le déchirerai.

— Oh ! que non, vous n'êtes pas assez folle pour cela.

— Et pourquoi serais-je donc folle de déchirer ce dessin ? il est bien à moi, j'espère.

— Voilà une belle raison ! Mon château, que vous voyez là-bas, est à moi aussi ; si je le brûlais, que diriez-vous ?

— Cela n'a pas de rapport.

— Au fait, je serais un insensé, et vous ne seriez qu'un enfant.

— Un enfant ! savez-vous que j'ai quinze ans ?

— On le dit, mais je n'en crois rien.

— Pourquoi ? Je suis plus grande que la fille du jardinier, qui en a seize.

— Oui, mais vous êtes moins raisonnable qu'Étienne, qui n'en a que cinq.

— Oh ! par exemple !

— Allons, ne vous fâchez pas : vous l'êtes autant ; mais voilà tout ce que je puis vous accorder. Ne vous mettez pas en colère ; cela ne me fait pas peur ; vous ne me déchirerez pas comme votre dessin. Adieu : soyez contente ; j'emmène Denis à la chasse, et vous pourrez conter à Étienne la *Chatte merveilleuse* autant de fois qu'il vous plaira. »

Ce furent de pareilles conversations qui attirèrent à Robert l'animadversion de Caroline. Habituée à n'être jamais contrariée, elle ne pouvait revenir du ton sec avec lequel son cousin la contredisait, et gâtée comme elle l'était par de continuelles marques d'affection, elle s'étonnait de la désapprobation dédaigneuse qu'elle rencontrait chez un homme dont elle eût désiré obtenir le suffrage. Elle n'avait jamais entendu prononcer qu'avec éloge le nom de Robert de Puivaux : ses études avaient été des plus brillantes, et il venait de sortir avec éclat de l'École polytechnique, où il avait passé deux ans dans le seul but de s'instruire. On vantait son caractère, on estimait sa raison, et l'on s'accordait à lui trouver un esprit et des connaissances au-dessus de son âge; mais tous ces avantages étaient effacés, auprès de Caroline, par la manière peu aimable qu'il avait eue avec elle, ou ne servaient qu'à la lui faire trouver plus fâcheuse encore. Il est vrai que Robert avait été assez maussade pour elle : naturellement sérieux, et disposé à régler sa conduite sur ce qui lui paraissait la raison et le devoir, il ne pouvait concevoir la légèreté de Caroline, et l'importance qu'elle mettait à ses fantaisies; il s'impatientait de voir tous les autres lui céder, et lui en voulait autant de leur faiblesse que de ses défauts; aussi ne laissait-il échapper aucune occasion de lui témoigner son blâme et son dédain; et tout entier au sentiment défavorable qu'elle lui inspirait, il ne remarquait pas les bonnes qualités qui se cachaient sous cette fâcheuse apparence, et que l'avenir devait dévoiler.

Peu de temps après le départ de Robert et de De-

nis, madame de Manzay, toujours souffrante depuis
la naissance d'Étienne, fut enlevée en quelques
jours à sa famille. Nous n'essaierons pas de faire le
récit d'un tel événement; il y a des douleurs que
ne comprendront jamais ceux qui ne les ont pas
ressenties, et qui n'ont pas besoin d'être racontées à
ceux qui les ont éprouvées. Le langage de l'homme
n'est pas en état de dire tout ce qui se passe dans
l'âme de l'homme, et de tels sentiments ne sont
point appris, mais révélés : un moment, un de ces
moments qui valent une vie, explique plus de choses que des années de réflexion, et rend sensible au
cœur ce que n'aurait pu saisir toute la science de
l'esprit.

Huit jours s'étaient écoulés depuis la mort de
madame de Manzay, et sa malheureuse famille n'é-
tait pas encore sortie de sa première stupeur; le
calme n'avait pas repris possession des âmes, l'ordre
n'était pas rentré dans les habitudes, nul n'obéissait,
car nul ne commandait; chacun, en proie à son
affliction, oubliait ses devoirs. Plus de règle, plus de
travail; la confusion régnait seule dans cet intérieur
désolé. Le pauvre petit Étienne était laissé seul
toute la journée; M. de Manzay errait dans le parc,
sa fille se renfermait dans sa chambre, et personne
n'essayait d'aider les autres à porter le poids du chagrin dont chacun se laissait accabler. Caroline était,
comme de coutume, à pleurer chez elle, lorsqu'un

vieux domestique qui avait vu naître son père et qui
venait de le trouver assis tout seul dans le cabinet
de sa femme, imagina qu'il serait bien aise de voir
sa fille; il alla la trouver et lui dit : Venez donc,
mam'selle Caroline; allez près de Monsieur. Le pauvre homme! il n'a plus que vous à présent.

— Et Étienne, Pierre, vous ne le comptez pas?

— Oh! c'est bien différent, mam'selle. Monsieur
l'aime bien, ce cher petit; mais il ne lui fera pas
compagnie, il ne causera pas avec lui, il ne le dis-
traira pas comme vous. Oh! mam'selle Caroline,
vous êtes tout le portrait de ma bonne maîtresse;
tâchez donc de lui ressembler en tout. Vous ne vous
rappelez pas cela, vous étiez trop petite; mais quand
Madame a vu mourir en un an quatre de ses enfants,
et que vous êtes restée toute seule, eh bien! mam'-
selle, elle consolait Monsieur. Il était comme un fou,
il disait qu'il voulait se noyer; et cette pauvre dame
était forcée de prendre un air calme pour le tran-
quilliser. Je la voyais quelquefois sortir de la chambre de son mari pour aller pleurer; puis elle rentrait, et l'engageait à se soumettre à la volonté de
Dieu; elle le menait promener, elle lisait pour le
dissiper un peu, elle lui faisait même de la musique; aussi, comme il l'aimait! Oh! mam'selle Caroline, vous aviez un trésor de mère; soyez aussi
bonne qu'elle. »

Caroline ne pouvait répondre, elle sanglotait trop

fort; mais elle tendit la main au vieux Pierre, et se
leva pour le suivre près de son père. On lui dit
qu'il était dans le parc, elle s'y rendit; mais, plon-
gée dans sa douleur et dans les réflexions que lui
suggéraient les naïves remarques de Pierre, elle se
trompa d'allée, et ne s'aperçut pas de son erreur,
car elle ne songeait guère au but de ses pas. Pour
la première fois peut-être, elle pensa qu'elle avait
un devoir envers les autres, et qu'elle n'était pas
uniquement dans ce monde pour être aimée et gâtée : *votre père n'a plus que vous*, venait-on de lui
dire. C'était vrai; mais à quoi lui avait-elle servi
depuis huit jours? Avait-elle été un secours pour
lui, quand, toute entière à sa douleur, elle avait à
peine pensé à la sienne; lorsqu'il avait fallu qu'il
cherchât à la soutenir, et qu'il l'avait cherché en
vain; lorsque ses pleurs, ses cris, avaient ébranlé
son difficile courage; lorsqu'elle s'était tenue éloignée de lui, et l'avait abandonné quand il aurait eu
besoin d'elle? Était-ce ainsi qu'avait agi sa mère
quand le malheur l'avait frappée, et que, pour calmer le désespoir de son mari, elle avait commencé
par commander au sien? Cependant qui, plus que
son père, avait droit à une reconnaissance utile, à
un affectueux dévouement? Ses plus lointains souvenirs ne lui rappelaient que les bontés, que la tendresse de son père; il avait consacré ses loisirs à
l'instruire, quitté dans ce but les études qui lui plai-

5

saient, et renoncé à tout autre délassement que ceux
qu'il pouvait partager avec elle; elle était la compagne de ses promenades, et les dirigeait à son
choix. Si elle souhaitait faire une course dans les
environs, M. de Manzay laissait toutes ses occupations pour lui procurer ce plaisir; enfin il ne lui
avait jamais rien refusé, et elle lui avait cependant
beaucoup demandé. Et elle, qu'avait-elle fait pour
tant d'affection? comment avait-elle payé ses parents de leur bonté excessive? Elle les aimait beaucoup, et ils le savaient bien, mais elle s'en était tenue là; pendant qu'ils ne pensaient qu'à elle, elle
ne songeait point à eux, et trouvait tout simple de
toujours recevoir et de ne jamais donner. « Oh! que
j'ai été méchante! s'écria-t-elle en joignant les mains;
Dieu et maman me le pardonneront-ils? » Elle se jeta
à genoux en fondant en larmes, et promit à celle
qu'elle ne devait plus voir sur cette terre de réparer,
envers les chers objets qu'elle y avait laissés, les
torts qu'elle avait eus envers elle ; elle sentit que sa
résolution était acceptée et bénie, qu'il n'y a rien de
fini dans les rapports de ceux qui s'aiment, et que
sa mère lui tiendrait compte de ses efforts, comme
elle l'aurait fait pendant sa vie. Elle savait que c'é-
tait son âme qui retentissait dans la sienne et lui
inspirait le goût du bien, l'espoir de la constance, et
la joie du pardon. Elle se leva, et se mit en route
vers le château, empressée de retrouver son père

et de commencer son nouveau rôle. « Jusqu'à présent il a vécu pour moi, se dit-elle ; à présent, c'est moi qui vivrai pour lui ; » et aussitôt, avec cette ardeur si naturelle à la jeunesse, elle se peignit toute l'utilité dont elle lui serait, et s'enchanta de l'idée d'être enfin bonne à quelque chose : nul obstacle, nulle difficulté ne se présentèrent à son esprit, tant il lui paraissait alors naturel de faire son devoir.

En approchant du château, elle trouva Étienne assis sous un arbre, seul et pleurant.

— Qu'as-tu donc, Étienne ? lui demanda sa sœur en l'embrassant.

— J'ai faim.

— Faim : quelle heure est-il donc ?

— Midi.

— Mais tu as déjeuné une fois.

— Non ; Marie a oublié de faire ma soupe. Personne ne pense plus à moi, à présent que maman n'y est plus.

— J'y penserai, mon enfant. Viens, je vais demander le déjeuner, et demain tu n'attendras pas si longtemps. En rentrant au château, elle s'informa si l'on avait vu son père. On lui dit qu'il était rentré, l'avait demandée, et était ressorti après l'avoir attendue quelque temps.

— A-t-il déjeuné, au moins ?

— Non, Mademoiselle ; le cuisinier n'était pas au château.

— Cela ne peut pas aller ainsi, dit en elle-même Caroline ; il faut que je remette un peu d'ordre dans la maison. Elle aperçut en ce moment son père qui rentrait, et alla le trouver : elle était pressée de lui parler, de lui apprendre ses résolutions ; mais la première était de s'occuper plutôt des autres que de soi, et elle sacrifia à l'appétit d'Étienne le désir qu'elle avait de communiquer à son père ses nouveaux projets. Après le déjeuner, M. de Manzay s'achemina vers le cabinet de sa femme, où il passait tout le temps qu'il n'était pas dehors. Caroline, qui voulait le suivre, s'arrêta un instant à cette vue ; elle n'avait pas encore pu prendre sur elle de rentrer dans l'appartement de sa mère, et frémit à l'idée de revoir ces lieux si pleins d'elle. « Mais comment serai-je utile à mon père, si je ne peux aller où il veut toujours être ? Allons, je vais le rejoindre ; » et faisant effort sur elle-même, elle alla trouver son père. Surpris et charmé de la voir dans ce cabinet, où ses souvenirs étaient presque de la réalité, il l'embrassa avec plus de tendresse encore qu'à l'ordinaire, et comparant, avec une douleur mêlée de quelque joie, le portrait de sa femme et les traits de sa fille : « Oh ! mon enfant, s'écria-t-il enfin, la voix altérée par les larmes, je n'ai plus que toi ! » Elle le serra dans ses bras, et de quelque temps le père ni la fille ne purent prononcer un mot ; enfin Caroline, surmontant son émotion, dit : « Mon père, j'ai eu bien

des torts jusqu'à présent; mais je vais les réparer.
J'ai été une enfant égoïste et ingrate, je n'ai vécu
que pour moi; à présent je ne veux plus vivre que
pour vous. Pardonnez-moi de vous avoir été si inutile; oubliez le passé : vous verrez que je ne suis pas
la même qu'autrefois, et que vous serez content de
moi. Embrassez-moi, mon père, je veux me corriger
de tous mes défauts, et ressembler à maman.

— Que Dieu te bénisse, ma fille, pour avoir formé
un tel projet! mais tu es bien jeune pour le tenter
seulement.

— Permettez-moi de croire que non. Je ne réussi-
rai guère dans le commencement; mais maman
viendra à mon secours : je sais comment elle faisait; eh bien! je tâcherai de l'imiter; j'irai vous
voir dans votre cabinet; je serai toujours prête à me
déranger quand vous en aurez envie; je donnerai
les leçons d'Étienne; je ferai les comptes de la maison. Vous verrez que je serai raisonnable : essayez,
mon père.

— Fais ce que tu voudras, mon enfant; je ne
suis pas en état de me décider; je ne peux penser à
rien; je te laisse maîtresse de ton frère, de la maison, de moi. Si je dois goûter encore quelques instants de paix sur la terre, c'est par toi, seulement
par toi.

— Et Étienne, mon père, vous l'oubliez donc?

— Pauvre enfant! Non, je ne l'oublie pas. Va me le chercher.

Caroline amena son petit frère à son père, qui le prit dans ses bras, et lui dit :

— Etienne, tu aimais bien ta maman, n'est-ce pas?

— De tout mon cœur, répondit-il en sanglotant.

— Tu lui obéissais bien aussi; eh bien! aime ta sœur, et obéis-lui; c'est elle qui est désormais ta mère.

— Le veux-tu, Étienne? lui dit Caroline; veux-tu que j'aie soin de toi, que je te donne tes leçons?

— Oui, si tu me promets de ne pas te fâcher contre moi.

— Non, mon cher enfant, je ne me fâcherai pas; je tâcherai d'être bonne comme maman.

— Oh! tu es déjà très-bonne, et je le sais bien, dit Étienne en caressant sa sœur; seulement tu t'impatientes quelquefois, et cela me fait peur.

— Sois tranquille, je vais devenir meilleure; mais il faudra aussi que tu sois sage, pour faire plaisir à mon père, qui a tant de chagrin.

— Oh! pour cela, j'apprendrai mieux mes leçons qu'autrefois.

— Chers enfants, dit en les entourant de ses bras M. de Manzay, chers enfants, voilà, depuis huit jours, le seul instant supportable que j'ai eu. Va, ma Caroline; commence tes nouvelles fonctions : fais-toi remettre les clés de la maison; dirige, or-

donne, rétablis l'ordre qui habitait ici autrefois, soi-
gne ton frère comme il était soigné; mais auparavant, viens, que je te bénisse devant le portrait de
la mère.

Après quelques instants donnés à ces tendres et
déchirantes émotions, Caroline sortit avec Étienne.
Elle commença par aller voir si sa chambre était en
bon état; elle la trouva complètement dégarnie de
tous les objets dont il se servait habituellement.

— Où est donc ta petite table, Étienne? lui de-
manda-t-elle.

— Ah! dans le jardin, sans doute; je l'y ai portée
avant-hier, et l'on a oublié de la rentrer.

— Et ton fauteuil?

— Je l'avais attaché à la queue de Turc, comme
une voiture, et il l'a cassé.

— Tu aurais pu t'en douter, mon ami.

— Que veux-tu? j'étais seul, et je m'ennuyais.

— As-tu pensé au moins à donner à boire à tes
oiseaux?

— Oh! mon Dieu! je ne leur en ai donné qu'une
fois. Les pauvres bêtes doivent avoir bien soif;
mais, Caroline, ne me gronde pas, ce n'est pas ma
faute. Maman me demandait tous les matins si j'avais
porté de l'eau et du grain à mes oiseaux, des feuilles
de chou à mes lapins et de l'herbe à ma biche; au
lieu qu'à présent, qui est-ce qui s'occupera de tout
cela?

— Ce sera moi. Allons à ta volière, je te parlerai
en chemin.

Caroline alors expliqua à son frère tous ses projets
à son égard; elle lui dit qu'il travaillerait avec elle,
qu'elle l'amuserait, qu'elle aurait soin de ses affaires, enfin qu'elle serait autant que possible ce qu'é-
tait sa mère pour lui. Elle fit transporter chez elle
les livres de leçons d'Étienne, et ceux de ses jou-
joux qui étaient dans l'appartement de sa mère; elle
lui donna une planche de sa bibliothèque, le bas
d'une armoire, et lui établit, comme il le désirait,
sa table auprès de la fenêtre. Elle voulait d'abord le
mettre autre part, car cette place était la sienne, et
elle l'aimait; mais elle se rappela que l'année d'auparavant, quand elle avait dit que sa mère était bien
heureuse d'avoir, à dîner, la vue de la vallée, celle-
ci avait cédé à sa fille la place qu'elle enviait. « Je
ne peux être aussi bonne que maman, se dit-elle, et
faire autrement qu'elle : je vais ôter ma table de la
fenêtre. »

Ce fut dans un tel ordre de sentiments et d'idées
que Caroline entreprit la réforme de son caractère,
et elle le fit avec cette ardeur imprévoyante, qualité
naturelle de la jeunesse : heureuse faculté accordée
par la Providence pour que les résolutions soient
pures de doute, et que du moins leur exécution
seule soit frappée d'hésitation. Mais ce premier
élan, si fort, si heureux, ne dure pas toujours : quand

le sentiment qui l'a fait naître cesse d'être exclusif,
ce qu'on avait oublié reparaît; toutes les réalités de
la vie, toutes les particularités du caractère reven-
diquent leurs droits, et l'on ne veut plus uniquement ce qu'on veut encore par-dessus tout. Ce fut
précisément ce qui arriva à Caroline. Pendant assez
longtemps son âme, envahie par la pensée de son
malheur, par le souvenir de ses torts, par son affection pour son père, par le plaisir nouveau de faire le
bien, ne pouvait concevoir une pensée qui se rap-
portât à elle-même, et elle se fût indignée qu'on
voulût l'y faire songer; mais lorsqu'après plusieurs mois la vie eut repris un train uniforme, lorsque les affaires occupèrent de nouveau, que chacun fut un peu rentré dans ses habitudes, elle s'a-
perçut combien les siennes étaient bouleversées :
ce temps qu'elle employait autrefois à sa fantaisie
ne lui appartenait plus; son petit frère en absorbait
une grande partie, et souvent son père venait aussi
la déranger.

On ne croira certes pas que, dans une personne
de seize ans, un tel changement pût être facile et
complet dès le premier moment. Pour y parvenir,
Caroline eut beaucoup à travailler sur elle-même, et
souvent elle ne réussit pas. Il lui arriva de faire
attendre son frère qui voulait répéter sa leçon,
parce qu'elle lisait un livre de son goût, ou jouait
un air qui lui plaisait; dans d'autres cas, elle re-

tarda de plusieurs jours les comptes de la maison
pour finir un dessin ou achever une broderie; et son
père quelquefois vit si clairement à son visage
qu'elle ne se souciait pas des choses qu'il lui pro-
posait, qu'il y renonça, non sans un douloureux retour sur le temps où ce qu'il désirait était plus vivement désiré par un autre. Mais il faut dire aussi que
Caroline connut et regretta tous ses torts, et que
souvent elle les répara si vite et si bien qu'ils devin-
rent presqu'un mérite, et qu'ils amenèrent un nouveau progrès : Étienne ne la trouva jamais si bonne,
si patiente; son père, si tendre et si dévouée, que
lorsqu'elle eut à se reprocher quelque impatience ou
quelque caprice : le retour était même en général
très-prompt.

Un jour entre autres, plusieurs mois s'étaient
écoulés depuis la mort de madame de Manzay, tout
dans le château était autant que possible remis sur
l'ancien pied; le calme et la paix, d'autant plus
précieux qu'il y a moins de bonheur, régnaient dans
la maison; M. de Manzay entra dans la chambre de
sa fille une lettre à la main :

— Caroline, lui dit-il, veux-tu que Denis vive
avec nous quelque temps?

— Oh ! certainement non, je ne le veux pas, il
est trop insupportable.

— Mais, mon enfant, son tuteur vient de mourir,
et Denis, comme tu le sais, est très-mal avec la

femme du défunt; il ne peut donc rester avec elle :
où ira-t-il s'il ne vient pas à Prémini?

— Où il voudra; pourquoi se fait-il détester de
tout le monde? Oh! je n'aurais pas un instant de
repos s'il était ici : j'aimerais mieux m'en aller que
de rester avec lui. Je vous en prie, mon père,
écrivez tout de suite que vous ne voulez pas de lui.

— J'écrirai que tu n'en veux pas; ce ne sera pas
moi certainement qui refuserai de recevoir le neveu
de la mère; et M. de Manzay sortit de chez sa fille.
Celle-ci fut frappée de ces dernières paroles et du
ton dont il les avait prononcées. « Le neveu de ma
mère, » pensa-t-elle, mais Denis ne ressemble pas du
tout à maman; il est aussi méchant qu'elle était
bonne : cependant mon père a l'air de le regretter;
peut-être croit-il qu'il se corrigerait. Oh! non, Denis n'écoute jamais ce qu'on lui dit. Mais enfin il ne
peut pas rester dans la rue; puis, si mon père a l'envie de l'avoir, c'est là l'important. Allons, je pren-
drai patience; après tout, il ne me mangera pas.

Caroline se leva après ces courtes réflexions, et se
rendit chez son père. Il se promenait d'un air pensif
dans sa chambre, et tenait la lettre qui lui annonçait la mort du tuteur de Denis.

— Mon père, lui dit Caroline, je viens vous prier
de prendre Denis avec nous

— Vraiment, mon enfant?

— Oui; j'étais tout-à-l'heure encore plus déraisonnable que lui; je vous demande en grâce de ne plus y penser, et d'écrire qu'on nous envoie Denis.

— Tu es une bonne fille, et je te promets de l'empêcher de te tourmenter.

— Oh! non, mon père, ne vous en occupez pas; je sais que ces bêtises-là vous ennuient beaucoup, et je trouverai bien moyen de m'arranger avec lui. Peut-être est-il plus sage qu'autrefois, et je suis certainement moins enfant qu'il y a un an. Soyez tranquille, mon père, tout ira bien.

Quinze jours après cette conversation, Denis arriva chez son oncle. Il avait quinze ans, et sa raison était au-dessous de son âge. Doué d'une grande force, d'une activité indomptable, il ne se plaisait que dans le bruit et dans le mouvement, et s'il aimait à fâcher, c'était pour en produire. Tout lui était bon pour sortir du calme : la colère d'un enfant, les injures d'une servante, les aboiements d'un chien le menaient à son but, et il n'eût pas aimé à tourmenter une bête qui ne criât pas. Étienne, pendant son premier séjour à Prémini, lui avait été d'un grand secours ; tantôt il le taquinait et s'amusait de sa colère, tantôt il le divertissait, et se moquait de l'humeur que cela causait à Caroline; celle-ci se fâchait alors tout-à-fait, et Denis était au comble de ses vœux. Ce n'est pas qu'il fût mauvais, mais il ne pouvait supporter l'ennui, et ne savait pas l'éviter par l'occupation. Élevé à la campagne et fort gâté par son tuteur, il avait plus suivi les travaux des laboureurs, des jardiniers, des gardes, que les leçons que venaient lui donner de temps en temps des maîtres de la ville voisine; il ne lisait jamais, à moins qu'il ne trouvât des récits de voyages, de batailles, des contes de voleurs, ou des histoires de revenants, et toute son ambition était de mener un jour la vie de corsaire, ou d'aller vivre parmi les sauvages et tâcher de se faire nommer chef d'une tribu. Il était brave, adroit, capable de générosité, mais emporté, volontaire, et devenant, par un besoin excessif d'activité, un fléau pour lui-même et les autres.

Tel était l'hôte dont, avec assez de raison, Caroline redoutait l'arrivée. Lorsqu'il entra dans le salon, où toute la famille était réunie, il se précipita si brusquement pour embrasser son oncle, qu'il renversa une table qui se trouvait sur son passage; la lampe, placée dessus, tomba sur Étienne, le choqua rudement et l'inonda d'huile. Il se mit à crier; Caroline courut à lui, et se blessa le pied avec un morceau de verre. Enfin l'arrivée de Denis fut signalée par du bruit, du désordre, et pis encore. Caroline avait bonne envie de se fâcher contre lui, et de lui demander s'il ne prendrait jamais garde à rien; mais elle se contint, en songeant qu'elle avait promis à son père que tout irait bien; et quand le calme fut un peu rétabli dans la chambre, elle embrassa cordialement son cousin, et lui montra beaucoup d'amitié.

Tout alla assez bien pendant quelques jours : Denis avait tant de choses à voir qu'il n'avait pas besoin des autres pour se désennuyer; d'ailleurs, malgré sa brusquerie, il n'était pas exempt de cette timidité si commune parmi ceux qui ne peuvent ni s'assujétir aux usages reçus, ni en secouer complètement les exigences. Il était toujours mal à l'aise avec les gens qui ne lui étaient pas complètement familiers; aussi s'en allait-il en général quand il venait un étranger; et le peu de jours qu'il lui fallut pour renouveler connaissance avec les habitants de Prémini furent-ils assez commodes pour eux et très-pénibles pour lui : mais cela ne dura pas longtemps; il recouvra bientôt la liberté de son humeur et de ses manières, et la paix du château s'en ressentit. Aux premières taquineries, Caroline, qui avait monté son âme à la patience, supporta sans se plaindre les niches de son cousin, ramassa dix fois de suite le peloton qu'il jetait par terre, ralluma la lumière qu'il éteignait, ou replaça devant son piano sa chaise qu'il en éloignait chaque fois qu'elle la quittait. Un jour cependant, Denis, ennuyé de ne pouvoir réussir à la fâcher, après l'avoir tenté pendant une longue matinée de pluie, s'en prit à Étienne, et lui barbouilla d'encre une image qu'il tenait. L'enfant fondit en larmes; et Caroline, émue de son chagrin et de l'impatience qu'elle contraignait depuis si longtemps, se mit véritablement en colère.

« Allez-vous-en de ma chambre, Denis, s'écria-t-elle; il n'y a pas moyen de vivre avec vous. Ce n'est pas assez de me contrarier toute la journée, il faut à présent que vous fassiez pleurer Étienne. Allez; je ne veux pas que vous restiez chez moi.

— Mettez-moi à la porte alors, car je ne sortirai sûrement pas.

— Vous ne sortirez pas! est-ce que je ne suis pas maîtresse chez moi?

— Certainement si, seulement faites-vous obéir; » et en disant cela, Denis s'assit dans un fauteuil.

« Je vais aller chercher mon père.

— Comme vous voudrez : je n'ai pas peur de mon oncle, il est bien meilleur que vous. »

Caroline courut chez M. de Manzay; elle était prête à pleurer, et la rougeur de son visage annonçait sa vive émotion.

« Mon père, s'écria-t-elle, venez donc dire à Denis de sortir de chez moi.

— Pourquoi veux-tu le renvoyer?

— Il me tourmente, il fait pleurer Étienne; on ne peut être en paix avec lui; il me rend malheureuse comme les pierres.

— Eh bien! qu'il retourne à Paris.

— Mais non; je demande seulement qu'il sorte de ma chambre.

— C'est bon pour aujourd'hui; il recommencerait

demain, et je ne veux pas avoir à me mêler continuellement de vos querelles.

— Voilà la première fois que je vous en parle, mon père.

— Ce serait tous les jours la même chose ; j'aime mieux qu'il s'en aille ; on le mettra au collége.

— Denis au collége, mon père ; il se fera chasser tout de suite.

— Tant pis pour lui ; il n'a qu'à s'embarquer alors : c'est le métier qui lui convient le mieux après tout, et je ne veux pas qu'il te rende malheureuse.

— Mais, mon père, il serait bien plus simple de l'en empêcher en le forçant d'être un peu plus raisonnable.

— Cela me serait insupportable ; il faudrait toujours m'occuper de lui ; et j'ai besoin de repos. Je renverrai Denis, si tu veux ; mais avoir à chaque instant l'œil sur lui, c'est impossible.

— Alors, s'écria-t-elle en pleurant, il faudra que je sois la victime de ce méchant petit garçon.

— Non, certes, tu ne la seras pas ; il va partir tout de suite. Appelez mon neveu, cria M. de Manzay à un jardinier qui travaillait devant la fenêtre.

— Il n'est pas au château, Monsieur, répondit celui-ci ; il vient d'aller au moulin avec M. Étienne.

— Avec Étienne, répéta M. de Manzay; et que me disais-tu donc, Caroline?

— Ils se sont raccommodés apparemment, mon père; j'en ferai autant, car je ne veux pas que Denis s'en aille.

— A la bonne heure, je veux bien le lui passer encore pour cette fois; mais à la première dispute...

— Il n'y en aura plus, mon père, ou du moins vous ne les verrez pas.

— Je te remercie, ma chère enfant; embrasse-moi, tu es une bonne fille et la joie de ton pauvre père. Et M. de Manzay pressa Caroline contre son cœur avec une tendresse reconnaissante de la décision qu'elle épargnait à sa faiblesse. Elle le quitta ensuite, et considéra sa position. Il était clair qu'elle ne pouvait chercher près de son père un appui contre Denis : car, sans l'aimer autant qu'elle, à beaucoup près, il craignait presque autant de le contrarier; non que Denis eût le caractère difficile, mais ses fantaisies étaient si vives, ses volontés si entières, que son oncle hésitait à les attaquer, et qu'il lui eût été mille fois moins pénible de l'éloigner pour sauver un instant d'ennui à sa fille, que de veiller à ce qu'il ne lui fût pas agréable.

C'était donc en elle seule qu'elle devait trouver un remède aux inconvéniens du caractère de Denis; c'était par du sang-froid, par une raison supérieure qu'elle pouvait le dégoûter du rôle de taquinerie qu'il avait entrepris. Elle avait déjà ressenti quelquefois les heureux effets d'une indifférence apparente, et plus d'une fois il avait renoncé à des espiègleries qui n'atteignaient pas leur but. Il ne s'agissait que d'être assez habituellement patiente pour l'ennuyer toujours, et il chercherait des amusements moins nuisibles à autrui : sa tranquilité et celle de son père dépendaient donc d'elle, cela valait bien quelques efforts. Oui, certes, cela les valait, mais ils n'étaient pas si faciles que se le figurait Caroline, et elle l'éprouva bientôt. Elle s'était dit d'avance qu'après tout elle ne serait pas très-malheureuse, parce que Denis cueillerait des fleurs dans son parterre, marcherait dans les plates-bandes, dérangerait ses chenilles, ou toucherait à son herbier ; que la paix de leur intérieur était plus importante que ces bagatelles, et qu'elle n'avait qu'à en faire le sacrifice une fois pour toutes : mais si elle pouvait, quoiqu'à grand'peine, supporter avec calme les malices de son cousin, si elle ne se fâchait pas une fois sur dix qu'elle en était tentée et qu'il le méritait, elle ne pouvait prendre ainsi son parti des chagrins d'Étienne, et quand elle le voyait pleurer, elle se laissait aller. C'était pourtant un mauvais calcul ; car Denis jouissait alors d'un double plaisir, et qui lui était d'autant plus agréable, qu'il se le procurait plus facilement. La pauvre Caroline avait donc de mauvais moments à passer, et soit qu'elle parvînt à se dominer, soit qu'elle n'y réussît pas, elle était agitée, chagrine, et s'étonnait chaque jour de trouver la vie si laborieuse, le devoir si difficile.

Mais Caroline rencontra encore d'autres difficultés, auxquelles elle ne s'attendait pas, et dont elle ne pouvait venir à bout par la seule force de la volonté, et en emportant la question de haute lutte pour ainsi dire. La plupart de ces obstacles n'étaient pas en elle-même, dans ses habitudes, son caractère, son ancienne aversion pour toute contradiction, et à plus forte raison toute contrariété; ils venaient surtout du dehors; ils avaient leur source dans les passions, les préjugés d'autrui, et il ne suffisait pas pour les détruire, au moins immédiatement, d'un cœur droit et d'une résolution ferme. Caroline avait été excité des préventions défavorables, justes à quelques égards, injustes dans leur exclusive sévérité; il fallait en triompher, c'était nécessaire, mais difficile, et elle apprit à connaître combien toutes nos destinées se tiennent intimement, quelle longue responsabilité peut s'attacher à l'action la plus indifférente en apparence, et à quel point il est nécessaire de faire en chaque chose ce qui est le mieux, si l'on veut avoir la conscience libre de la crainte des résultats.

Il y avait deux ans que Caroline avait perdu sa mère, M. de Manzay avait repris sur lui assez d'empire pour pouvoir s'occuper de l'éducation

d'Étienne ; la saison de la chasse retenait Denis loin
du château ; au fait désormais des soins du ménage,
Caroline était obligée d'y donner moins de temps, et
devenue plus raisonnable, employant mieux les heures qui lui restaient, elle se trouvait plus de loisir
qu'autrefois en ayant beaucoup plus à faire. Elle fut
très-frappée des détails que donnait un journal sur
les heureux résultats produits dans le village de
L..... par l'établissement d'une école et d'un ouvroir
pour les filles, le tout suivant la méthode de l'ensei-
gnement mutuel.

Sa tête travailla toute la nuit, et le lendemain,
dès son lever, elle alla proposer à son père d'en faire
autant dans le village voisin du château, et lui offrit
d'en prendre la direction.

—Nous ferons venir, lui dit-elle, d'une des écoles de
Paris une personne au fait de la méthode, nous mon-
terons ensemble l'établissement et formerons des
monitrices ; quand elles en sauront assez, on leur
confiera le gouvernement de nos petites filles, et
je les surveillerai. C'est comme cela qu'on a fait
à L.....

— Je ne demande pas mieux, mon enfant : ce
sera utile au village et t'occupera. Penses-y encore, et si tu persistes dans ton projet, nous le réali-
serons.

Caroline causa encore plusieurs fois sur ce sujet avec son père, et s'enchanta de l'idée d'être utile

à toutes ces petites filles, si malheureuses et si igno-
rantes.

Bientôt cette école fut établie, et ce fut pour Caroline et son père une occasion continuelle de se
mettre en rapport avec les pauvres. Ces devoirs de
charité consolèrent et sanctifièrent leur existence.
Dieu fit ainsi rentrer le bonheur sous un toit d'où il
semblait avoir fui pour toujours.

LA MÈRE ET LA FILLE.

———

Mariette se désespérait de ce que sa mère voulait lui faire recommencer une seconde page d'écriture, parce que la première avait été mal. Elle avait employé à pleurer et à se dépiter près d'une demi-heure, qui lui aurait suffi pour accomplir sa tâche; car Mariette, quoique âgée de neuf ans et pleine de bons sentiments, n'était pas toujours raisonnable, et il suffisait d'une fantaisie ou d'un mouvement de colère pour lui faire oublier les meilleures résolutions.

« Ma fille, » lui dit enfin madame Leroi, qui pendant tout ce train travaillait tranquillement de l'autre côté de la chambre, « puisque cela ne peut être autrement, je te conseillerais d'en prendre ton parti.

» — Cela ne peut être autrement ? s'écria Mariette

avec aigreur, et qu'est-ce qu'il y a donc de si nécessaire à ce que j'écrive cette page ?

» — Cela est nécessaire, puisque je le veux.

» — Et pourquoi le voulez-vous ?

» — Parce qu'il le faut.

» — Il le faut, parce que vous le voulez. N'êtes-
vous pas absolument la maîtresse ?

» — Non, assurément. »

Alors un nouvel accès d'indignation saisit Mariette ; elle se renversa sur le dos de sa chaise :
« Vous n'êtes pas la maîtresse !... vous n'êtes pas la
maîtresse ! » répétait-elle en frappant chaque fois
ses deux poings sur la table, « quand il faut que je
fasse votre volonté sur tout... Comme l'autre jour
encore, vous disiez à madame Thibourg, en parlant
de moi : J'appartiens à cet enfant. Dire que vous
m'appartenez en me contrariant toute la journée !

» — C'est précisément parce que je t'appartiens,
dit en souriant madame Leroi, qu'il faut bien que je
te contrarie.

» — Ah ! par exemple, maman, » s'écria Mariette,
se tournant vers madame Leroi les bras croisés, et
d'un ton que sa colère avait tourné en impertinence,
« pourriez-vous bien me faire le plaisir de m'expliquer cela ?

» — Je ne vous expliquerai rien dans ce moment-
ci, » lui répondit très-sévèrement sa mère ; et, lui
imposant silence, elle l'obligea de se mettre à son

ouvrage, ce qui ne réussit pas, comme on peut le penser, à calmer l'irritation de Mariette. Elle se révolta en silence, écrivit mal, s'attira de nouvelles punitions, et passa le reste de la journée en alternatives de fautes et de désespoir. Mais le lendemain Mariette s'éveilla en si bonne disposition, se leva si diligemment, fit si pieusement ses prières, eut si promptement mis ses affaires en ordre et fini ses premières tâches, en les faisant toutes plus longues qu'elles ne lui avaient été données afin de réparer ses fautes passées, qu'à l'heure du déjeuner elle vit enfin percer un sourire sur le visage de sa mère, qui depuis la veille n'avait pas quitté sa sévérité. Elle lui dit : « Enfin, maman, vous voilà donc redevenue contente !

» — Et dis-moi, pour qui suis-je contente ? Pour toi, ou pour moi ?

» — Je sais bien que c'est parce que j'ai fait mon devoir ; mais il n'en est pas moins vrai, maman, que mon devoir c'est votre volonté, et que c'est toujours vous qui êtes la maîtresse de faire de moi ce que vous voulez.

» — Quoi ! même de te noyer comme on a noyé les petits chats qui sont nés cette nuit dans le grenier ?

» — Mon Dieu ! maman, je ne dis pas cela ; mais vous êtes la maîtresse de me faire obéir à toutes vos volontés.

» — Ainsi, quand je voudrai que tu ailles voler le sucre de notre voisine lorsqu'elle laisse sa porte ouverte, ou son sirop, ou ses tasses, je serai maîtresse de t'y envoyer?

» — Quelle idée, maman! comme si vous pouviez vouloir ces choses-là.

» — C'est-à-dire qu'il y a des choses qu'il ne m'est pas permis de vouloir, ni par conséquent de t'ordonner. J'ai vraiment là une belle autorité! Mais puis-je au moins ne pas vouloir? Si je n'avais pas voulu t'apprendre à lire et à écrire; si, quand je te nourrissais, je n'avais pas voulu te changer quand tu en avais besoin, ou me lever la nuit quand tu criais, cela m'aurait-il été permis?

» — Mais, maman, vous savez bien que cela m'aurait fait mal.

» — Comment! je ne suis pas maîtresse de vouloir ce qui te ferait mal? je suis obligée de vouloir ce qui t'est avantageux, et tu appelles cela faire ma volonté?

» — Mais c'est toujours votre volonté que je fais, maman, puisque c'est vous qui m'ordonnez.

» — Et quand est-ce que je t'ordonne de faire une chose?

» — Quand vous croyez qu'elle est bien.

» — Et suis-je maîtresse de croire, comme je le veux, qu'une chose est bien ou qu'elle est mal?

6

» — Assurément, maman; personne ne vous en empêche. »

Madame Leroi ne répondit rien, mais l'instant d'après elle dit à sa fille : « Mariette, je compte la semaine prochaine commencer à t'apprendre à dessiner avec le coude.

» — Comment! maman, s'écria Mariette en éclatant de rire, dessiner avec le coude! et comment tiendrai-je mon crayon?

» — Avec la pointe de ton coude; rien n'est plus facile.

» — Mon Dieu! maman, qu'est-ce que vous venez me conter là? » continuait Mariette en riant toujours plus fort.

« — Une chose, ma fille, que je te prie de croire pour l'amour de moi.

» — Mais, maman, comment voulez-vous que je croie cela?

» — Tu me disais tout-à-l'heure qu'on était maîtresse de croire ce qu'on voulait.

» — O mon Dieu! que cela est différent!

» — Pour toi peut-être, mon enfant; mais, pour moi, je t'assure que quand ta page est mal, j'ai beau la regarder par en bas, par en haut, il m'est impossible de croire qu'elle soit bien; et quand tu ne veux pas bien faire, il me vient tout de suite dans la tête que je suis obligée de t'y forcer par des punitions. Que veux-tu que j'y fasse? je ne peux pas croire autrement, et il faut bien que j'obéisse à mon idée, comme il faut que tu obéisses à ma volonté. Je ne suis pas plus maîtresse de te mal élever que tu ne l'es de me désobéir. »

Mariette était accoutumée à regarder le devoir comme une nécessité, quoiqu'elle y manquât souvent, et ne croyait pas qu'une personne raisonnable pût s'y soustraire, pas plus qu'elle ne pouvait se soustraire à la force. « Au moins, maman, dit-elle, vous conviendrez bien qu'il n'est pas vrai que vous m'apparteniez. »

En ce moment, madame Thibourg entra. « Venez vite, dit-elle à son amie, j'ai un billet pour Malmaison; mes petites m'attendent dans le fiacre; j'ai emporté dans un panier de quoi dîner : dépêchez-vous.

» — Voilà un morceau de tapisserie que j'ai promis de rendre cette semaine, » répondait avec anxiété madame Leroi regardant tour à tour son métier et sa fille, qui, après avoir poussé un cri de joie, à la proposition de madame Thibourg, demeurait immobile d'inquiétude en voyant tarder la réponse de sa mère.

« Je me chargerais bien de Mariette, dit madame Thibourg; mais ma bonne est malade, et comme il y a là de l'eau, j'aurai bien assez de veiller à mes petites. Allons, vous travaillerez un peu plus ces jours-ci.

» — Mais si je suis malade comme la semaine dernière?..... J'ai bien peur que ce ne soit pas raisonnable.

» — Vous ne serez pas malade, et cela est parfaitement raisonnable. Il y a là de beaux tableaux qu'il faut que vous fassiez voir à Mariette. Venez.

» — Allons, puisque cela est raisonnable, » dit madame Leroi en souriant, les yeux fixés sur Mariette, dont le visage avait changé six fois de couleur en l'espace d'une minute. On juge si les transports furent vifs, la toilette bientôt faite, et les plaisirs de la journée parfaits. Il n'est pas nécessaire d'expliquer les délices d'un dîner fait sur l'herbe sans serviettes et sans assiettes, ceux d'une salade qu'on cueillit soi-même, et le ravissant plaisir d'aller, à chaque coup que l'on buvait, rincer son verre à la fontaine qui coule à la porte du jardin. Mariette, toujours tendre quand elle était contente, embrassa bien sa mère trente fois dans la journée; et le soir, malgré la fatigue, le plaisir de parler de ses joies la tenait tellement éveillée, que madame Leroi fut presque obligée de la gronder pour la faire coucher.

« Tu ne penses pas, dit-elle, que pour tes beaux yeux il faudra que je me lève deux ou trois jours de suite à quatre heures du matin?

» — Vous savez bien, maman, dit Mariette, que c'était pour mon utilité. Il fallait absolument que je visse les tableaux de Malmaison.

» — Et pourquoi, ma fille, demanda en souriant madame Leroi, fallait-il que je préférasse ton utilité à la mienne? Est-ce que je serais faite pour servir à ton usage; dis-moi, est-ce que par hasard je t'apoartiendrais?

» — Ah! maman, dit Mariette en embrassant sa mère, appartenez-moi, je le veux bien, puisque c'est pour faire ce qui me fera plaisir; » et Mariette s'endormit sur cette idée, qui ajouta au charme de ses rêves.

Nulle mère, en effet, n'appartenait plus entièrement à son enfant. Veuve d'un employé qui l'avait laissée sans fortune avec cette fille encore toute petite, madame Leroi n'avait pas imaginé qu'il lui restât dans le monde une autre tâche que celle d'élever Mariette, de la rendre estimable, et de la mettre en état de subvenir honorablement à son existence. L'éducation de sa fille était son premier soin, elle y sacrifiait les avantages qu'elle aurait pu tirer de ses talents. Madame Leroi était très-forte musicienne. Elle avait été destinée dans sa jeunesse à devenir maîtresse de chant et de harpe; mais sa poitrine étant demeurée à dix-huit ans fort affaiblie par les suites de la rougeole, elle fut obligée de renoncer à cette destination, et tourna toute son application vers la peinture; ce qui lui fut aisé, car elle était fille d'un peintre, qui lui avait donné dans sa jeunesse des leçons de son art. Mais, peu de temps après, elle

perdit son père, et, n'ayant que fort peu de ressources, se trouva heureuse d'épouser M. Leroi, homme
déjà âgé, et à qui il n'aurait nullement convenu que
sa femme passât sa vie dehors à donner des leçons.
Comme il avait un revenu suffisant pour la faire vivre, elle borna ses occupations aux soins de son ménage et à celui de s'instruire et de former son esprit
pour élever les enfants qu'elle aurait. Après en avoir
perdu deux, elle mit au monde Mariette. Dès lors
toutes ses affections se concentrèrent sur cette enfant. A la mort de son mari, se trouvant de nouveau
sans moyens d'existence, ou à peu près, parce que
M. Leroi, qui n'avait eu que très-tard la fantaisie de
se marier, avait mis en viager toutes ses économies,
et, depuis son mariage, n'avait guère pu en faire de
nouvelles, elle délibéra en elle-même si elle repren-
drait la carrière à laquelle elle s'était destinée
d'abord; mais il aurait fallu abandonner Mariette à
des mains étrangères, renoncer à la faire profiter des
connaissances, des idées, des sentiments qu'elle avait,
pour ainsi dire, acquis à son intention, et, pour les lui
communiquer, laisser se pervertir peut-être ou du
moins s'effacer les heureuses dispositions que son
œil de mère croyait déjà découvrir. Elle pensa que
le point le plus important pour sa fille, dans le genre
de vie difficile auquel elle était probablement destinée, c'était d'avoir été fortifiée de bonne heure par
les principes d'une éducation vertueuse et solide.

Elle borna donc l'emploi de ses talents à l'éducation
de Mariette, dont les dispositions pour la musique
pouvaient faire présager de grands succès dans cet
art. « J'aurai vécu pour elle, se disait-elle quelquefois; elle sera heureuse pour moi. »

Mais en attendant, il fallait subsister; elle chercha
donc un travail sédentaire qui pût la mettre en état
de pourvoir à leurs modestes besoins. Elle s'était
appliquée aux ouvrages de tapisserie, et ses connaissances en peinture l'avaient rendue très-habile à
tracer et à nuancer toutes sortes de dessins, de fleurs,
de figures ou de paysages. Le hasard la servit, elle
eut bientôt de l'ouvrage autant qu'elle en put faire,
et il lui fut bien payé, parce qu'il était fort supé-
rieur à celui des ouvrières ordinaires. Ce travail,
qui lui permettait de suivre presque sans interrup-
tion toutes les leçons de Mariette, devint son occupation et sa ressource. Quelquefois Mariette lui disait : « Maman, quand cesserez-vous donc de travailler autant ?

» — Quand tu pourras travailler pour moi, »
répondait sa mère; et lorsque Mariette était en
bonne disposition, cette réponse la faisait courir à la
harpe.

Les dispositions de Mariette variaient dans une
prodigieuse latitude. Avec un caractère élevé et une
grande tendresse de cœur, elle avait quelquefois des
violences et des entêtements qui la rendaient entière-

ment différente d'elle-même, lui donnant le désir
de mécontenter sa mère, autant que d'autres fois
elle avait eu de plaisir à la voir satisfaite ; en sorte
qu'on était alternativement ravi et touché de son
amour naturel pour le bien, ou indigné de la per-
versité de ses volontés. Cependant sa mère, par un
mélange d'indulgence et de fermeté, était parvenue
à assouplir, en grande partie, ce qu'elle avait d'âpre
dans le caractère ; et la journée qui précéda celle de
Malmaison fut la dernière où madame Leroi eut sérieusement à se plaindre d'elle.

Cependant, le lendemain de cette jolie partie, en
se levant, elle commença à s'apercevoir de la fatigue
de la veille. Elle s'habilla nonchalamment, s'as-
seyant sur tous les fauteuils qui se trouvaient en son
chemin, et quand la portière, qui montait tous les
jours pour faire leur ménage et leur cuisine, vint
sonner à la porte, elle se leva si lentement pour
aller ouvrir, qu'on eût dit qu'elle ne pouvait se dé-
coller de dessus sa chaise.

« En vérité, maman, dit-elle ensuite à sa mère en
se rejetant dans un grand fauteuil placé près de la
porte, comme si elle n'eût pu se soutenir plus longtemps, si vous m'apparteniez, comme vous le dites,
je vous enverrais bien aujourd'hui faire les commis-
sions à ma place.

» — Ah! ma fille, lui répondit sa mère d'un ton
moitié sérieux, moitié plaisant, je me propose quel-

que chose de bien plus fatigant, c'est de te les faire
faire.

» — Vraiment, maman, cela vous fatiguera beaucoup ?

» — Si tu savais comme je suis lasse ! Eh bien ! il
n'en faudra pas moins que je te dise : Mariette, va
ouvrir la porte, ou va fermer la fenêtre, ou ramasser
mon peloton.

» — Eh bien ! maman, est-ce que c'est à vous que
cela fera mal aux jambes ?

» — Songe donc, Mariette, tu auras tant d'humeur ! il faudra si souvent que je gronde pour t'obliger à faire ton devoir ! car tu sais que c'est là le
mien, et que pour avoir été à Malmaison, on n'en
est pas plus dispensé de faire son devoir. Quelle
journée j'aurai là ! car je sais que tu n'es pas fille à
me l'épargner.

» — Qui vous le dit ? demanda Mariette d'un air
piqué.

» — Oh ! cela serait bon, reprit madame Leroi,
si tu étais plus grande, plus raisonnable. Je te dirais :
Ma fille, tant que tu as eu besoin de moi, je t'ai ap-
partenu ; à présent, c'est à toi à m'appartenir, à t'occuper de m'être utile. Fais donc ce que je te demande, pour m'épargner de la peine ; et tu le ferais,
car tu serais raisonnable. »

Alors Mariette se leva, rangea avec activité toutes
ses affaires, et se mit à ses leçons, si déterminée à

vaincre sa lassitude, qu'elle ne s'en aperçut bientôt plus. Sa résolution se soutint glorieusement toute la matinée, et sur tous les points. Elle n'hésita pas une seule fois à se déranger dès que sa mère le lui disait, et prévint même aussi souvent qu'elle le put les ordres ou les demandes. S'étant aperçue que madame Leroi cherchait des yeux son tabouret, elle le vit la première, et se hâta de le mettre sous les pieds de sa mère. Une autre fois que le peloton avait roulé à l'autre bout de la chambre, Mariette y fut aussitôt que lui, et le rapporta à sa mère, qui lui dit en souriant : « En vérité, Mariette, je serais tentée de croire qu'aujourd'hui c'est toi qui m'appartiens. » Et Mariette toute joyeuse sauta au cou de sa mère. Cependant l'instant d'après, ayant barbouillé un passage sur la harpe, elle s'impatienta contre madame Leroi, qui voulait l'obliger à le répéter. « Mariette, lui dit celle-ci, ne me force pas à me rappeler que je t'appartiens, et que si tu continues je serai, pour ton utilité, obligée, malgré moi, de te gronder. »

Mariette se remit aussitôt; et cette matinée, qui avait paru devoir mal commencer, se termina sans nuages et dans un bonheur complet.

A leur dîner, qui était toujours très-modeste, elles eurent deux côtelettes de mouton. « Maman, dit Mariette, voulez-vous me donner celle qui a un os? » — Non, en vérité, ma fille, lui dit sa mère, car tu sais que je l'aime mieux; et, ajouta-t-elle en

riant, je suis trop dévouée à tes intérêts pour te laisser prendre la mauvaise habitude de te préférer ainsi
aux autres.

» — Mais, maman, quand c'est vous qui prétendez
m'appartenir.

» — Ah! ma fille, je sais trop ce que je dois pour
te permettre d'abuser de mon dévouement. » Et elle
s'empara de la côtelette.

» Allons, dit Mariette, il vous profite bien, toujours.

» — Certainement, reprit madame Leroi du même
ton, rien ne profite comme de faire son devoir. »
Mariette secoua la tête; mais elle était trop contente
d'elle-même ce jour-là pour être tentée d'avoir de
l'humeur; et lorsque bientôt après, sur leur demi-
livre de cerises, madame Leroi n'en prit que trois
ou quatre, disant qu'elle ne s'en souciait pas, Mariette comprit que c'était pour qu'il lui en restât
davantage.

Dans l'après-dînée, un ancien ami de M. Leroi
vint faire une visite à sa femme. Il était vieux et
ennuyeux, et demeura toute la soirée, au grand
déplaisir de Mariette, que le travail de la matinée
avait si bien reposée de la fatigue de la veille,
qu'elle aurait fort désiré aller à la promenade. Aussi
voulut-elle tenter sur ce sujet quelques insinuations,
qu'arrêtèrent les regards sévères de madame Leroi,
et que la surdité de M. Lebrun ne lui permit pas de

remarquer. La pauvre Mariette tâcha donc de prendre patience; et, se composant de son mieux, « Maman, dit-elle aussitôt qu'il fut parti, M. Lebrun vous a-t-il bien amusée?

» — Non, mon enfant; mais c'est un homme à qui je dois des égards; il est venu de loin, et pour rien au monde je n'aurais abrégé sa visite.

» — Allons, maman, reprit Mariette d'un ton capable, qu'elle accompagna d'un grand soupir, je suis toujours bien aise de voir qu'il y a des choses que vous pouvez faire contre mon intérêt; car ce n'est assurément pas pour m'être utile que vous m'avez privée de ma promenade, d'une chose bonne à ma santé.

» — Ah! ma fille, tu n'imagines pas à quel point il était important pour toi que je ne te menasse pas aujourd'hui à la promenade.

» — Voyons, maman, comment vous me prouverez cela.

» — Tu n'en mourras pas, du moins je l'espère; et songe combien il aurait été fâcheux pour ton éducation que je t'accordasse une chose que tu ne devais pas me demander; car, conviens-en, tu ne devais pas me demander, ni même désirer que je manquasse d'égards pour M. Lebrun.

» — Fort bien, maman, je vois que vous trouvez partout des devoirs qui vous obligent à me contrarier.

« — Et sois bien tranquille, ma chère enfant, dit sa mère en lui frappant sur la joue d'un air amical, je ne manquerai pas à un seul. »

Mariette fit un peu la moue, mais en riant; la bonne conduite du matin garantissait celle du soir.

Le lendemain, Mariette et sa mère allèrent acheter des robes dont elles avaient besoin. On leur montra d'abord deux coupons pareils et à très-bon marché, où il se trouvait de quoi faire une robe à Mariette, le spencer pour l'hiver, et beaucoup de reste pour la raccommoder. Une autre toile plus jolie tentait beaucoup Mariette; mais comme la robe de madame Leroi paraissait ne pouvoir se faire dans les coupons, il fallait bien qu'elle se résignât à les prendre pour elle. Pendant qu'elle déployait inutilement son éloquence pour engager le marchand à donner la robe à la pièce au même prix que les coupons, madame Leroi, à force de mesurer et de calculer, avait fini par trouver qu'avec des coutures dans les manches, et en se faisant une robe ronde au lieu d'une redingote, comme elle en avait eu le projet, elle pourrait se servir des coupons, et laisser l'autre robe à sa fille. Mariette résista d'abord à cet arrangement; cependant elle se laissa vaincre, et, pleine de joie, emporta sous son bras sa jolie robe, entr'ouvrant à chaque instant en chemin le papier qui l'enveloppait pour la regarder. Lorsqu'en arrivant elle l'eut étalée sur son lit pour l'admirer et la

faire admirer à la portière, elle regarda à côté les
coupons de sa mère, et fit un soupir, puis alla s'asseoir sur les genoux de madame Leroi; et lui passant les bras autour du cou : « Maman, dit-elle d'un
ton un peu triste, est-ce que c'est aussi pour votre
devoir que vous m'avez laissé prendre la jolie
robe?

» — Non, ma bonne fille, lui dit sa mère en l'embrassant tendrement, c'est pour mon plaisir. Et Mariette ravie se laissa aller sans contrainte à la satisfaction que lui donnait sa robe ; car elle vit bien que
plus on la trouvait jolie, plus sa mère était joyeuse
de lui en avoir fait le sacrifice.

A mesure que Mariette devint raisonnable, elle
comprit mieux que si la joie d'une mère est de se
sacrifier pour ses enfants, son devoir est de leur apprendre à ne pas abuser de sa bonté; et, bien persuadée enfin que sa mère ne la contrariait que quand
elle y était obligée, elle s'appliqua à lui en épargner
les occasions, et se trouva si bien de cette conduite
que, leur confiance mutuelle croissant tous les jours,
elles étaient presque comme deux amies.

Cependant, vers l'âge de quatorze ans, Mariette,
grandissant beaucoup, tomba dans une espèce de
langueur qui rendit son caractère triste et impatient.
Quoiqu'elle eût déjà acquis assez d'empire sur elle-
même pour contenir souvent ses fantaisies, cependant ce qui lui en restait suffisait pour exercer la

bonté de madame Leroi, qui, craignant d'irriter d'une manière dangereuse la fâcheuse disposition de sa fille, employait des miracles de patience pour la ramener à la raison; et Mariette, quand la raison lui revenait, ne savait comment remercier sa mère de sa condescendance.

Un jour madame Thibourg se trouva présente à un de ses accès d'humeur. Elle commença par vouloir raisonner Mariette; puis, impatientée de son aigreur, de sa déraison, et du ton qu'elle prit envers sa mère, qui voulait l'engager à se calmer, elle finit par lui dire quelques vérités assez dures, qui la mirent dans un tel état qu'elle sortit avec des cris et des larmes, et presque en convulsion. Sa mère, qui l'alla rejoindre après le départ de madame Thibourg, la trouva encore tremblante, mais apaisée et profondément honteuse de ce qui s'était passé, qu'elle cherchait pourtant encore à excuser, disant que madame Thibourg avait pris plaisir à la pousser à bout.

« Elle a pris plaisir, ma fille, lui dit sa mère, à te prouver qu'elle avait raison et que tu avais tort; tu as voulu en faire autant à son égard. Et dis-moi, en supposant que vous voulussiez toutes deux avoir raison, n'était-ce pas à toi à céder?

« — Ah! maman, ce n'est pas comme cela que vous faites avec moi, » dit Mariette, que la conviction de son tort fit fondre en larmes; car en ce moment elle se rappelait les bontés de sa mère.

» — Ma fille, lui dit madame Leroi, c'est que je t'appartiens, que je dois sacrifier tout ce qu'il y a en moi de mouvements personnels à la crainte de t'en causer un seul qui puisse nuire à ton caractère ou à ta santé; mais dis-moi, Mariette, crois-tu qu'il y ait au monde une autre personne qui t'appartienne que ta mère? »

Profondément attendrie, encore ébranlée de la scène qui venait de se passer, Mariette se jeta en sanglotant dans les bras de sa mère : « Oh! maman, disait-elle, c'est vous qui me ménagez, vous à qui je devrais toujours céder bien plus encore qu'à personne.

» — Oui, ma fille, tu le devrais et tu le feras; ce que je te sacrifie, tu me le rendras un jour, et avec usure. Calme-toi, mon enfant, calme-toi; ta mère a ce qu'il faut de patience pour t'attendre. » Mariette promit dans son cœur de se dévouer au bonheur de sa mère, et, consolée par ses douces paroles, revint peu à peu à son état ordinaire. Depuis ce jour aussi elle travailla encore davantage sur elle-même, et parvint, avec l'aide de sa mère, à se dominer presque entièrement. Mais sa mélancolie et sa maigreur augmentèrent au point que le médecin déclara que si on ne lui faisait prendre l'air de la campagne, il ne pouvait répondre de sa vie.

Ce fut un terrible arrêt pour madame Leroi, dont les remèdes qu'il avait fallu à Mariette avaient presque épuisé les faibles économies. Madame Thibourg, à qui elle conta sa douleur et son embarras, lui proposa de prendre en commun une petite maison de campagne à Saint-Mandé, qu'elle savait être à louer pour 600 francs. « Nous regagnerons bien, dit-elle, par l'avantage d'y vivre à frais communs, les cent écus que cela nous aura coûté à chacune. » Madame Leroi savait bien au contraire qu'elle dépenserait au moins autant en vivant avec madame Thibourg, qui était plus aisée et moins économe qu'elle ; mais, trop heureuse de trouver un moyen praticable de sortir de peine, elle pensa qu'elle en serait quitte, si cela était nécessaire, pour travailler davantage, et ne songea plus qu'à se procurer les cent écus qu'il fallait payer d'avance pour le loyer de la maison. Elle vendit pour cela son couvre-pied d'édredon, quatre belles gravures qui ornaient sa chambre, et compléta le reste de la somme, ainsi que ce qui était nécessaire aux frais de transport, avec l'argent qu'elle avait destiné à faire mettre un poêle dans un petit endroit où elles mangeaient, parce que madame Leroi, ne voulant pas qu'il entrât dans sa chambre rien de sale et qui fût capable de ternir ses ouvrages, l'hiver, comme elle craignait beaucoup le froid, elle était obligée de manger dans la cuisine, où l'odeur du charbon lui faisait souvent mal à la tête et à la poitrine.

Ces arrangements, qui ne purent demeurer inconnus à Mariette, lui causèrent un violent chagrin; elle était devenue d'une sensibilité excessive sur tout, et malgré l'extrême désir qu'elle avait d'aller à la campagne, la vente du couvre-pied d'édredon, qu'elle savait être nécessaire à sa mère, la jeta dans un tel accès de désespoir, que madame Leroi, pour l'arrêter, fut obligée d'avoir recours à la sévérité. « Oubliez-vous, Mariette, lui dit-elle, que vous êtes obligée de travailler à reprendre vos forces pour pouvoir m'être utile un jour? »

Cette idée lui fit du bien, en détournant son imagination vers d'autres objets. Elle s'occupa des préparatifs du départ avec une activité qui rendit à sa pauvre mère un peu d'espérance et de joie; et, en effet, à peine fut-elle hors des barrières qu'elle sembla reprendre un nouvel être, et au bout de huit jours de séjour à la campagne on ne la reconnaissait pas, tant la vie avait promptement repris possession de cette figure si maigre et si pâle qu'elle avait semblé près d'abandonner. Madame Leroi ne pouvait se lasser de la regarder les yeux humides des larmes du bonheur; et les regards de Mariette cherchaient continuellement ceux de sa mère pour lui confirmer ce qui la rendait si heureuse. Avec la santé, Mariette retrouva la gaieté et l'ardeur de son âge, accompagnées d'une énergie de volonté qui la rendait capable d'accomplir tout ce qu'elle se déterminait à en-

treprendre. Comme sa raison s'était singulièrement
développée, elle employa les forces nouvelles qu'elle
sentait croître en elle-même à acquérir les talents
dont elle avait besoin, et les qualités qui lui man-
quaient. La tendresse dévouée de sa mère lui avait
fait, surtout dans ces derniers temps, une impression
si profonde, qu'elle était tourmentée du désir de
pouvoir à son tour lui consacrer toutes ses facultés.
C'est dans cette idée qu'elle s'appliquait avec une
sorte de passion à regagner le temps que sa maladie
lui avait fait perdre pour ses études, et le plaisir de
satisfaire sa mère était aussi la récompense journalière de ses efforts. Cependant, lorsque le sourire et
les paroles de madame Leroi lui exprimaient cette
satisfaction : « C'est bien, maman, disait-elle avec
une sorte d'impatience, vous êtes contente, mais
c'est pour moi, parce que vous pensez que les progrès que je fais me sont avantageux; quand donc
pourrai-je faire quelque chose uniquement pour
vous?

» — Patience, lui disait sa mère en souriant, je te
promets que cela viendra.

» — Que cela vienne donc ! » disait Mariette avec
un ardent soupir, et elle redoublait d'application.
Elle mit aussi un grand soin à regagner la bonne
opinion de madame Thibourg, que lui avaient fait
perdre les dernières scènes dont celle-ci avait été
témoin; car les jeunes gens et les jeunes personnes

ne savent pas le tort qu'ils se font lorsqu'ils se lais-
sent aller à leurs défauts devant les étrangers, qui,
les jugeant en passant et seulement sur ce qu'ils ont
pu voir, en prennent souvent contre eux des im-
pressions désavantageuses, difficiles ensuite à effacer. Dans les premiers temps, madame Thibourg
traita quelquefois Mariette avec prévention, lui supposant des torts qu'elle n'avait pas. Mariette s'en
irrita d'abord, mais sa mère lui fit comprendre la
cause de cette injustice.

« Eh bien! si elle est injuste, dit Mariette avec
l'orgueil de son âge, tant pis pour elle.

» — Non, ma fille, tant pis pour toi, puisque c'est
ta faute. Si ce n'était pas toi qui eusses causé cette
injustice en te montrant sous un jour défavorable, tu
pourrais en prendre ton parti et la supporter, pourvu
que ce fût avec douceur; mais, puisque tu l'as cau-
sée, il faut la détruire. »

Après quelques vivacités que Mariette accordait
toujours d'abord à l'impatience de son caractère, et
que la raison finissait toujours par surmonter, elle
comprit la vérité de ce que lui disait sa mère, et s'attacha tellement à veiller sur elle-même, que bientôt
on eut à peine à lui reprocher quelques mouvements
trop prompts, que réprimait facilement un mot ou
un regard : quelquefois même madame Leroi se con-
tentait de baisser les yeux; Mariette, alors avertie,
rentrait aussitôt en elle-même, et avec une grâce et

une franchise charmantes se hâtait de réparer la
faute commencée. Aussi, de l'avis de madame Thibourg et de tout le monde, Mariette, après huit ou
neuf mois de séjour à Saint-Mandé, se trouva, sous
tous les rapports, tellement changée à son avantage,
qu'à peine pouvait-on la prendre pour la même personne : elle avait alors près de seize ans.

On retourna à Paris au commencement de l'hiver, madame Thibourg ne voulant pas le passer à la
campagne, et le mauvais temps rendant plus difficiles les courses que madame Leroi faisait à Paris, et
souvent à pied, pour aller chercher ou rapporter de
l'ouvrage. Ces courses, trop fatigantes pour elle,
avaient déjà nui à sa santé; l'hiver, qui fut rigou-
reux, acheva de la détraquer. Mariette, persuadée
que la privation du couvre-pied d'édredon contribuait aux souffrances de sa mère, était quelquefois
saisie d'une espèce de fièvre d'impatience de ne pas
voir arriver le temps où elle pourrait la soulager par
son travail, et ne se calmait qu'en redoublant d'â-
preté à l'étude. Le printemps fut froid et tardif; la
provision de bois était finie. Madame Leroi, qui
n'avait pu, à cause de sa santé, travailler pendant
l'hiver autant qu'elle l'aurait désiré, ne voulant pas
s'endetter, prétendait pouvoir se passer de feu; mais
Mariette, qui la voyait souffrir, pleurait de dépit et
d'inquiétude lorsque, chaque matin, ouvrant sa fenêtre, elle trouvait le temps aussi froid que la veille.

Elle aurait désiré que sa mère lui permît de l'aider;
mais, quoiqu'elle travaillât passablement, madame
Leroi, qui n'avait pas voulu qu'elle perdît son temps
à se perfectionner dans ce genre d'ouvrage, n'osait
se fier à elle, et la renvoyait à ses études en disant:
« Sois tranquille, Mariette, tu auras le temps de travailler pour moi. »

Un jour enfin que madame Leroi avait été obligée
de se recoucher à cause d'une forte migraine, on
vint apporter un morceau de tapisserie à faire pour
remplacer un morceau pareil d'un meuble qu'elle
avait fait et que la chute d'une lampe avait couvert
d'huile; on apportait aussi la chaise correspondante
à celle qui avait été tachée, pour qu'elle refît l'autre
exactement semblable. Mariette reçut l'ouvrage, le
promit pour la semaine suivante, parce qu'on en
était pressé, et tremblante d'une idée qui venait de
lui entrer dans la tête, serra le tout dans un endroit
où sa mère ne pût le trouver. Assoupie en ce moment, madame Leroi n'avait rien entendu. Mariette
court au carton où elle serrait ses soies, et, avec un
transport de joie, elle y retrouve, comme elle l'avait
espéré, toutes celles dont elle avait besoin pour ce
morceau de tapisserie. Un vieux métier sur lequel
elle avait souvent jeté les yeux fut tiré du grenier
avec l'aide de la portière, qu'elle mit dans la confi-
dence de son projet, et qui lui prêta, pour établir
son ouvrage, une chambre inhabitée dont elle avait

la clef. Avant le réveil de madame Leroi, le métier était monté, la chaise placée devant, et l'aiguille enfilée. Le lendemain, dès qu'il fit jour, Mariette, éveillée par son impatience, s'échappa sans bruit pour se mettre à l'ouvrage. Les deux heures de la promenade qu'elle faisait tous les jours avec madame Thibourg et ses filles furent consacrées au même emploi; seulement Mariette ne parla à madame Thibourg que du désir de surprendre sa mère par un talent qu'elle ne lui connaissait pas, sans rien dire des privations qu'elle voulait lui épargner et que madame Thibourg devait ignorer. Les premiers jours, la harpe put souffrir un peu de la préoccupation de Mariette, car, en répétant ces passages, elle ne songeait qu'à l'assortiment de ses soies; mais enfin elle se trouva au-dessus de sa besogne. Comme il ne s'agissait que de copier, et que Mariette, comme toutes les personnes qui ont de la constance dans le travail, avait ce besoin de bien faire qui ne se rebute d'aucune difficulté, son coup d'essai réussit parfaitement; et le septième jour, la portière, madame Thibourg et ses filles, rassemblées en consultation, décidèrent que la copie ne pouvait se distinguer de l'original. La portière reçut aussitôt la commission de reporter l'ouvrage et d'en recevoir le prix, qui fut destiné à l'achat d'une demi-voie de bois.

Le lendemain matin, madame Leroi étant encore

dans son lit, Mariette, qui ce jour-là avait senti avec un plaisir inexprimable le froid encore plus piquant qu'à l'ordinaire, arrangea doucement le bois dans la cheminée, tandis que la portière, presque aussi contente qu'elle, apportait une grande poêle remplie de braise bien allumée. Madame Leroi, éveillée au pétillement de la flamme, demande ce que c'est, et gronde Mariette de ce qu'elle a acheté une falourde. « Une falourde, vraiment! dit la portière avec fierté; venez, madame Leroi, voir dans votre cuisine si on a des falourdes comme ça; » et Mariette ouvrant les rideaux de sa mère lui montre dans la cheminée un bon feu bien établi, tel que depuis deux mois elle n'en avait vu un semblable : puis, sans répondre à ses questions, lui jetant une robe sur les épaules, elle l'oblige à se lever pour venir dans la cuisine, où déjà la demi-voie de bois était rangée par les soins de la bienveillante portière. Ensuite elle la ramène bien vite auprès du feu, et, d'une voix que la joie entrecoupait, lui raconte ce qui s'est passé.

« Chère enfant! » dit sa mère attendrie en lui mettant la main sur l'épaule. Ce furent les seules paroles qu'elle put prononcer. Mariette saisit la main de sa mère, et d'un air sérieux et animé : « A présent, maman, lui dit-elle, à présent c'est bien moi qui vous appartiens.

» — Oui, ma fille, j'entre en possession, dit madame Leroi avec une émotion profonde. A ton tour,

Mariette, donne-toi à ta mère, ton temps est venu. »
Et Mariette, à genoux devant sa mère, lui baisait les
mains dans une ivresse difficile à rendre.

Depuis ce jour, elle aida sa mère sans rien prendre
sur les autres études; sa force et son activité suffi-
saient à tout, car la source en était dans un sentiment inépuisable. A dix-huit ans, Mariette fut en
état de commencer à donner des leçons. Depuis assez longtemps même elle s'était essayée avec succès
sur la fille cadette de madame Thibourg. Elle eut
d'abord des élèves dans une pension de jeunes personnes, puis ses relations s'étendirent, et elle ensei-
gna dans des familles respectables. Pendant les premiers temps, la portière fut chargée de la conduire
et de l'aller chercher; mais ensuite la parfaite raison de Mariette, le maintien décent et même un peu
sévère qu'elle devait au sentiment de la situation,
permirent à madame Leroi de la laisser aller seule,
ce qui lui facilita les moyens de prendre plus d'éco-
lières. Il y en eut bientôt assez pour suffire aux dépenses du ménage; et quand Mariette en rentrant
trouvait sa mère un peu fatiguée, elle lui ôtait l'ouvrage des mains en disant : « Puisque je vous appartiens, maman, c'est à vous à faire ma volonté. » La
santé de madame Leroi devint plus mauvaise. « Cela
m'est égal, disait-elle quelquefois, Mariette est chargée de se bien porter pour moi. » Et Mariette alors
sentait avec une joie indicible s'élever en elle la
conscience de sa vigueur et de sa jeunesse. 7

On lui proposa un mariage avantageux, mais qui l'aurait séparée de sa mère, qui lui aurait ôté la liberté de travailler pour elle, aurait privé madame Leroi de la douceur et de l'intérêt qu'elle trouvait dans la société de sa fille. Heureusement que c'était à Mariette qu'on en avait parlé d'abord; elle pria qu'on n'en dît rien à sa mère, qui n'aurait pu consentir à ce qu'elle sacrifiât un pareil établissement. Elle l'en instruisit après avoir refusé; et voyant sa mère vivement affligée et même presque fâchée, elle se mit à genoux devant elle et lui dit doucement : « Ma mère, je ne vous demande au monde qu'une seule liberté, celle de continuer à vous appartenir. »

« — Va, Mariette, répondit sa mère avec un soupir, sois heureuse à ta manière. » Cependant le souvenir de ce mariage manqué lui tenait au cœur.

Quelque temps après, on parla devant Mariette d'un officier que ses blessures obligeaient à se retirer du service, quoiqu'il n'eût pas trente-cinq ans. Il avait eu le bras gauche emporté; sa jambe droite cassée, quoique remise, le faisait boiter et souffrir beaucoup; tant de maux avaient détruit tous les agréments de sa figure. Courageux, mais triste de voir sa destinée finie de si bonne heure, il s'était voué à la solitude et refusait même de se marier, trouvant, disait-il, qu'il était un trop triste présent à faire à une femme. Mariette, que les habitudes de son imagination livraient à l'entraînement de tous les sentiments généreux, répondit avec vivacité que c'était pourtant un beau présent à faire à une femme que de la charger du bonheur tout entier de son mari. Cette parole fut rapportée à M. de Luxeuil (c'était le nom de l'officier), et ce qu'on y ajouta sur le caractère de Mariette lui donna la curiosité d'en savoir davantage. En apprenant qu'elle avait consacré sa vie au bonheur de sa mère, il lui vint en pensée que l'aider dans cette tâche serait un moyen d'obtenir sa reconnaissance et son affection. La personne qui lui avait parlé de Mariette, et ne l'avait pas fait sans dessein, démêla cette pensée, prit soin de l'encourager, et fit si bien que M. de Luxeuil d'abord se laissa parler de Mariette, puis en vint à désirer que Mariette entendît parler de lui, puis enfin à croire qu'il ne lui serait pas impossible de la rendre heureuse. Bref, la proposition fut faite, agréée avec une joie déjà pleine de gratitude; et M. de Luxeuil, aussitôt après son mariage, emmena sa femme et sa belle-mère à la campagne, dans une jolie habitation qu'il avait à trente lieues de Paris. Son premier soin en arrivant fut de conduire madame Leroi dans l'appartement qu'il lui avait destiné, et le premier mouvement de Mariette en y entrant fut un regard d'affection adressé à son mari pour le remercier de la recherche qu'il avait mise à le rendre commode et agréable. On visita le

reste avec un sentiment de reconnaissance que chaque instant contribuait à augmenter. Dans le salon,
dans la salle à manger, la place réservée au fauteuil
de madame Leroi était celle qui pouvait le mieux
convenir. Le soin le plus attentif avait été apporté à
ce que dans les détails de la vie journalière tout fût
conforme à sa santé, à ses goûts, à ses habitudes.
« Mes amis, dit-elle avec attendrissement à son gen-
dre et à sa fille, je vois que vous avez déjà beaucoup
parlé de moi. »

Mariette était bien heureuse, et pour M. de
Luxeuil commençait un bonheur dont il n'avait jamais eu l'espoir ni même l'idée. Il n'a cessé depuis
de s'augmenter. Faits pour s'unir tous les jours davantage par les vertus qui leur sont communes, tous
les jours plus reconnaissants l'un envers l'autre de
ce bonheur qu'ils se doivent mutuellement, Mariette
et lui sont arrivés à ce point de félicité qui ne laisse
de peine que la crainte de la voir troublée. Madame
Leroi peut à peine suffire à cette double affection :
« Laissez-moi tranquille, leur dit-elle quelquefois
en riant ; que voulez-vous que je fasse de deux bon-
heurs à la fois ? »

—◦◦◦◦—

LE DEVOIR DIFFICILE

QUESTION DE MORALE.

M. de Flaumont dit un jour à ses enfants :

— Je vais vous raconter une histoire qu'on m'a apprise, afin que vous m'en disiez votre avis.

Henri, Clémentine et Gustave vinrent promptement s'asseoir autour de lui, et il leur raconta ce qui suit :

Un ouvrier, nommé Paul, père de plusieurs enfants, qu'il nourrissait de son travail, se promenait au bord d'une rivière très-rapide et grossie par les pluies; l'eau faisait un tourbillon sous l'une des arches du pont qui était près de là, et y précipitait, avec beaucoup de bruit, les débris d'un bateau chargé de planches qu'elle avait mis en pièces. Paul regardait le torrent, et pensait : « Si je tombais là-dedans, j'aurais peine à m'en retirer; » cependant

Paul était un habile nageur, qui avait même plus d'une fois sauvé des personnes près de se noyer dans cette rivière; mais dans ce moment-là le danger était si grand que Paul, malgré son courage, sentait qu'il y avait de quoi en être effrayé; et alors il songeait à ses enfants, qui n'avaient que lui pour les soutenir; à son fils aîné, âgé de douze ans, qui promettait de devenir un bon ouvrier, mais qui, s'il perdait son père, n'aurait plus personne pour l'instruire et le protéger. Il songeait à sa fille, qu'il espérait pouvoir mettre bientôt en apprentissage; et au plus petit, à peine sorti de nourrice, que sa sœur soignait, parce qu'ils n'avaient plus leur mère. Il pensait avec plaisir combien ils étaient proprement entretenus, bien nourris, bien portants, et se disait : « Cela changerait bien, si on me rapportait noyé! » Et, en disant cela, il s'éloignait involontairement du bord, comme s'il y eût eu quelque danger qu'il fût entraîné dans l'eau. En marchant, il vit sur le pont un homme portant sur son épaule un paquet de vieilles ferrailles, qui regardait dans l'eau, et suivait des yeux une planche qui paraissait près de passer sous le pont. Il se baissa pour regarder si elle enfilait bien l'arche; il se baissa trop, la tête lui tourna, et le paquet qu'il avait sur l'épaule l'entraîna: il tomba dans l'eau en poussant un cri horrible. Paul jeta aussi un cri de douleur, car il se sentait retenu sur le rivage par l'idée de ses en-

fants, en même temps qu'il aurait voulu secourir
le malheureux qu'il voyait près de périr; il regarda
autour de lui, dans une angoisse terrible; il aperçut
une grande perche, la saisit, et essaya, en s'avan-
çant dans l'eau, sans perdre terre, de pousser une
planche du côté de l'infortuné qui tâchait de nager
de son côté. Mais tout fut inutile, la rivière était fu-
rieuse : après quelques efforts, le malheureux s'en-
fonça, remonta sur l'eau, puis disparut tout-à-fait.
Paul demeura sur le rivage, immobile, les yeux
fixés sur l'endroit où il l'avait vu disparaître. Il y
demeura jusqu'à ce que la nuit fût devenue tout-à-
fait noire. Alors, il s'en retourna chez lui pénétré
d'une affreuse tristesse, mais se disant pourtant : « Je
ne crois pas avoir mal fait. » Il fut plusieurs jours
sans manger, sans dormir, répondant à peine à ce
qu'on lui disait; ses voisins, qui le virent dans cet
état, lui en demandèrent la cause; il la leur raconta;
la plupart dirent qu'il avait eu raison ; quelques-uns
pensèrent qu'il avait eu tort; mais lui disait toujours : « Je ne crois pas cependant avoir mal fait. »
Qu'en pensez-vous ?

CLÉMENTINE. — Certainement, il avait bien fait
de se conserver pour ses enfants.

HENRI. — Ah ! oui, c'est toujours un moyen
commode pour s'excuser de n'avoir pas fait ce qu'on
doit.

GUSTAVE. — Mais il ne devait rien à cet homme,

qui avait eu la maladresse de se laisser tomber dans l'eau, et qu'il ne connaissait pas.

HENRI. — Papa nous a dit qu'on devait toujours faire aux autres tout le bien qu'on pouvait, et Paul pouvait fort bien essayer de sauver cet homme; il n'était pas sûr de périr avec lui.

CLÉMENTINE. — Ah! cela était bien vraisemblable.

HENRI. — Il y aurait un beau mérite à faire des actions courageuses, si l'on était sûr qu'il n'y a pas de danger.

M. DE FLAUMONT. — Mais songe donc, mon fils, qu'en s'exposant à ce danger, qui était très-grand, et où il devait probablement succomber, il exposait aussi ses enfants à mourir de misère ou à devenir de mauvais sujets, faute de moyens honnêtes pour gagner leur vie. Crois-tu donc que ce ne soit pas là une considération assez importante pour contre-balancer le désir qu'il pouvait avoir de sauver cet homme qui se noyait?

HENRI. — Cela est possible, mon papa; mais il est sûr cependant qu'on estimera toujours bien plus celui qui aura exposé sa vie pour en sauver un autre, que celui qui aura si bien considéré toutes les raisons qu'il y avait pour ne pas le faire.

M. DE FLAUMONT. — Cela est tout simple : on voit d'une manière indubitable le courage de celui qui fait une action courageuse, et l'on ne peut pas être aussi sûr des motifs de celui qui s'y refuse; mais suppose qu'il te soit parfaitement prouvé que Paul avait réellement le désir de se jeter à l'eau pour sauver cet homme, et qu'il n'a été retenu que par l'intérêt de ses enfants : ne penses-tu pas qu'il mériterait l'estime plutôt que le reproche?

HENRI. — Ce qu'il y a de sûr, c'est que je ne voudrais pas me trouver dans une pareille situation.

CLÉMENTINE. — En effet, on ne sait pas trop comment s'en tirer.

GUSTAVE. — Eh bien! pendant que tu aurais réfléchi, l'homme serait resté dans l'eau, et ainsi il en aurait été tout de même.

M. DE FLAUMONT. — L'incertitude est bien sûrement, dans ce cas-là, ce qu'il faut éviter le plus, car elle empêche tout; et c'est pour cela qu'il faut s'accoutumer à réfléchir sur l'ordre de nos devoirs, afin de savoir bien positivement ceux qui doivent passer avant les autres.

HENRI. — Mais quand il s'en trouve à la fois deux qui sont également d'obligation?

M. DE FLAUMONT. — C'est ce qui n'existe pas; car on n'est jamais obligé à ce qu'on ne peut pas; et penses-tu, par exemple, que Paul pût à la fois se jeter dans l'eau et ne s'y pas jeter?

GUSTAVE en riant. — Ah! voilà qui est bien impossible.

M. DE FLAUMONT. — Crois-tu donc qu'il pût être

obligé en même temps de faire une action, et de faire ce qui rendait cette action impossible?

HENRI. — Non, certainement.

M. DE FLAUMONT. — Il est donc bien clair que s'il y avait une de ces deux actions à laquelle il fût nécessairement obligé, son devoir était d'écarter tout ce qui pouvait l'empêcher, même ce qui lui eût paru un devoir dans un autre cas.

CLÉMENTINE. — Et vous êtes d'avis, mon papa, n'est-ce pas, que le devoir de faire vivre ses enfants doit passer avant tout.

M. DE FLAUMONT. — Non, pas avant tout, assurément. Le premier de tous les devoirs est d'être honnête homme, de ne faire de tort à personne, de ne point trahir les intérêts dont on est chargé.

CLÉMENTINE. — Mais on est bien chargé des intérêts de ses enfants.

M. DE FLAUMONT. — On l'est d'abord des intérêts de sa probité, car personne ne peut en être chargé que nous. La première chose qui nous est proscrite, c'est de ne pas faire d'injustice aux autres; mais ce n'est pas leur faire une injustice que de ne pas leur faire tout le bien dont ils ont besoin, et parce que l'homme qui se noyait avait besoin des secours de Paul, ce n'était pas une injustice que de lui refuser pour se conserver à ses enfants.

HENRI. — Parce que ses enfants en avaient besoin aussi. Mais, papa, selon ce que vous dites, ce n'aurait pas été non plus une injustice que de ne pas faire à ses enfants tout le bien dont ils avaient besoin, et ils n'avaient pas plus besoin de lui que l'homme qui était là à se noyer, et n'avait que lui pour le secourir.

M. DE FLAUMONT. — Non, assurément; mais penses-tu que l'on puisse faire du bien à tout le monde?

GUSTAVE. — Il faudrait donc pour cela passer sa journée à courir les rues pour donner à tous les pauvres.

CLÉMENTINE. — Ou même courir le monde, afin de chercher ceux qui pourraient avoir besoin de vous, et y dépenser toute sa fortune.

HENRI. — Il est sûr que c'est ce qui m'a bien souvent embarrassé.

M. DE FLAUMONT. — C'est que tu n'as pas songé que chaque homme n'étant qu'une très-petite partie du monde, ne pouvait être chargé spécialement que d'une très-petite portion du bien qui doit se faire dans le monde. C'est même le seul moyen qu'il se fasse quelque chose de bon; car si tout le monde voulait tout faire, on ne saurait auquel entendre; il faut donc que chaque homme examine quelle est la portion de bien à faire dont il peut être naturellement chargé. Ainsi, quand ce ne serait pas un devoir de justice de s'occuper d'abord de l'existence et du bien-être des enfants que l'on a mis au monde

en se mariant, ce serait un devoir de raison, puisqu'il serait absurde de négliger le bien que l'on peut
faire chez soi pour aller faire du bien au dehors. Il
faut donc d'abord remplir ce devoir-là, et chercher
ensuite ce qui reste de moyens pour accomplir ceux
qui viennent après, comme la bienfaisance et le dévouement envers ceux qui n'ont de droit sur nous
que parce qu'ils ont besoin de nous.

HENRI. — Avec tout cela, papa, j'aurai toujours
de la peine à comprendre que, parce que l'on a des
enfants qui ont besoin de nous, il faille renoncer
à secourir les autres quand cela pourrait nous
exposer.

M. DE FLAUMONT. — Tu as raison de ne ne pas le
comprendre, car cela n'est pas vrai; on peut et l'on
doit certainement, même dans ce cas-là, s'exposer à
un danger médiocre pour rendre un grand service.
Ainsi, par exemple, si la rivière avait été tranquille,
ou peut-être s'il y avait eu seulement beaucoup de
chances pour se sauver, Paul aurait eu tort de ne
pas se jeter dans l'eau.

CLÉMENTINE. — Mais, puisqu'il pouvait périr,
c'était toujours s'exposer à manquer à son devoir
envers ses enfants.

M. DE FLAUMONT. — Sans doute, mais aussi ne
courait-il pas le risque de manquer l'occasion
de sauver un homme, quand il était vraisemblable
qu'il pouvait le faire sans nuire à ses enfants.

CLÉMENTINE. — Oui, voilà le cas qui redevient embarrassant.

M. DE FLAUMONT. — C'est alors que les devoirs peuvent se comparer et se balancer. Mais si l'on te disait qu'en faisant éprouver un petit désavantage à tes enfants, comme, par exemple, d'être quelque temps moins bien vêtus, moins bien nourris, tu peux sauver la vie à un homme, ne croirais-tu pas devoir le faire?

CLÉMENTINE. — Certainement.

M. DE FLAUMONT. — Dans l'impossibilié où nous sommes de savoir comment tourneront les choses soumises au hasard, je crois qu'il faut s'arrêter à ce qui offre les chances probables du plus grand bien, et regarder un petit danger comme un petit désavantage auquel on soumet ses enfants, pour procurer à un autre un très-grand avantage. Es-tu content, Henri?

HENRI. — Allons, papa, je vais tâcher de devenir bien adroit, pour que le danger soit toujours petit.

M. DE FLAUMONT. — Cela sera bien fait; mais laissez-moi vous achever l'histoire de Paul.

CLÉMENTINE. — Comment, elle n'est pas finie?

GUSTAVE. — Ah! dites donc, papa.

M. DE FLAUMONT. — Paul, comme je vous l'ai dit, avait de la peine à se consoler. Il se disait quelquefois : « La rivière n'était pas si grosse; je me

suis laissé effrayer trop facilement; nous aurions
pu nous en tirer tous deux; » et il n'avait pas le courage de retourner du côté de cette rivière, il faisait
plutôt de grands détours pour éviter de passer au
bord. Il apprit plusieurs fois que les gens qui s'y
baignaient s'étaient noyés, ce qui arrivait assez fré-
quemment, parce que ceux qui ne la connaissaient
pas bien s'approchaient imprudemment du tourbillon qui était sous l'arche, et qui les engloutissait.
Alors Paul se sentait le cœur déchiré et presque hu-
milié. Ce qu'il y a de singulier, c'est que sa dernière
aventure lui avait donné la peur de l'eau, à lui qui
était si courageux auparavant; mais il pensait continuellement : « Si à présent que j'ai tant fait pour
mes enfants, j'allais leur manquer, cela en vaudrait
bien la peine; » et il évitait tous les dangers avec un
soin extrême. On ne le reconnaissait plus, tant il
était devenu timide et rempli de précautions. Ses
voisins disaient : Cela est extraordinaire, Paul est
devenu poltron; et ils croyaient que c'était par pol-
tronnerie qu'il ne s'était pas jeté à l'eau. Du reste,
il était plus assidu que jamais à son travail, ne per-
dant pas un moment pour mettre ses enfants en état
de gagner leur vie par eux-mêmes, comme s'il eût
eu peur de mourir avant d'avoir fini. Il réussit très-
bien à les élever; son fils devint un bon ouvrier, et
alla se marier et s'établir dans une autre ville; sa
fille épousa un marchand qui avait une boutique

assez bien achalandée; et le maître d'école de la ville, qui avait pris le dernier en affection, parce qu'il étudiait très-bien, le demanda à son père lorsqu'il eut quinze ans, pour l'aider à tenir son école, et promit, s'il se conduisait bien, de la lui laisser au bout de quelques années.

Le jour où Paul eut établi son fils chez le maître d'école, et où il put se dire par conséquent que ses enfants n'avaient plus besoin de lui, et n'étaient plus exposés à la misère s'ils le perdaient, il se sentit délivré d'un grand poids, et dans la joie qu'il éprouvait, il lui sembla qu'il retrouvait tout le courage que, depuis douze ans environ, il paraissait avoir perdu; car il y avait douze ans qu'était arrivé l'événement qui l'avait rendu si malheureux. Il quitta son travail de meilleure heure qu'à l'ordinaire, et alla se promener seul. Pour la première fois depuis douze ans, il tourna ses pas du côté de la rivière, en pensant aux différentes personnes qu'il en avait tirées avant le jour fatal qui lui avait ôté sa hardiesse. C'était un soir d'automne : le temps était sombre et froid, les pluies avaient grossi la rivière, un vent violent l'agitait; elle était à peu près dans le même état que le jour où Paul l'avait vue pour la dernière fois. Il s'en approcha et la considéra attentivement : « La rivière est bien grosse, dit-il; eh bien! si je m'y jetais aujourd'hui, je suis sûr que je m'en tirerais; » et il disait cela, parce que n'ayant plus la crainte de manquer à ses enfants, il ne pensait pas au danger, mais seulement à tous les moyens de s'en tirer. En levant machinalement les yeux sur le pont, à l'endroit où était tombé le pauvre homme qu'il n'avait pu secourir, comme il ne faisait pas encore nuit, il vit s'approcher du parapet quelqu'un qui lui parut être un très-jeune homme. Ce jeune homme regarda l'eau quelque temps, et Paul pendant tout ce temps ne cessa de le regarder. Enfin il monta sur le parapet, et avait l'air de chanceler sur ses jambes. Paul lui cria : « Vous allez tomber; » mais dans le même moment le jeune homme prit un élan et se jeta dans la rivière. Paul, comme s'il en avait eu un pressentiment, avait déjà la main sur son habit. Il l'arrache, le jette, et est dans la rivière presque aussitôt que le jeune homme, nageant du côté où il l'avait vu tomber, et tâchant de l'atteindre avant qu'il fût arrivé au tourbillon, où ils savaient bien qu'ils périraient tous les deux. Il l'atteint comme il se débattait encore sous l'eau; il plonge; mais par un mouvement naturel à ceux qui se noient, même quand ils se sont noyés exprès, le jeune homme s'accroche à Paul et lui serre les jambes de manière qu'il ne peut plus nager. Ils allaient périr; mais Paul trouve heureusement moyen de dégager une de ses jambes, et donne au jeune homme un grand coup de pied qui lui fait lâcher prise. Il le ressaisit alors par les cheveux, et remonte sur l'eau. Le jeune homme était sans connaissance : Paul l'entraîne en nageant d'un bras. Dans ce moment le vent était terrible; il s'y joignait une pluie violente qui lui troublait la vue; le vent et le courant de l'eau l'entraînaient du côté du tourbillon. Paul redouble d'efforts; il se sentait animé d'une vigueur extraordinaire; enfin il parvient à s'éloigner du tourbillon, gagne le bord, prend terre, et les voilà sauvés.

Le jeune homme était comme mort; mais Paul, qui avait sauvé plusieurs noyés, savait comment on les rappelle à la vie. Il porte le jeune homme sous un arbre très-épais, à l'abri de la pluie, et là il lui donne tous les secours qu'il peut lui donner dans un lieu pareil. Il parvient à le ranimer un peu, et dès qu'il l'entend respirer, il le charge sur ses épaules, et retourne le plus vite qu'il peut à la maison, où, à force de soins, le jeune homme revient tout-à-fait. Il avait environ dix-sept ans, et paraissait exténué de misère et de maladie. Dès qu'il put parler, Paul lui demanda ce qui l'avait porté à se jeter dans la rivière. Le jeune homme, qui s'appelait André, lui répondit que c'était la misère et le désespoir. Il lui raconta que, douze ans auparavant, son père, qui était un chaudronnier ambulant, s'était noyé, à ce qu'on croyait, par accident, dans cette même rivière, où l'on avait retrouvé son corps quelques jours après. Paul frissonna lorsqu'il entendit cela; mais il ne dit rien. André continua à lui raconter qu'il avait vécu jusqu'à l'âge de dix ans avec sa mère, qui le soutenait comme elle pouvait de son travail; qu'il l'avait perdue alors, et avait tâché de gagner sa vie lui-même en travaillant de côté et d'autre, tantôt aux moissons, tantôt dans les granges, tantôt à servir les maçons; qu'il avait beaucoup souffert, beaucoup manqué; qu'enfin il était tombé malade, et qu'au sortir de l'hôpital, encore convalescent, n'ayant ni argent, ni asile, ni travail, il avait été obligé de coucher dans les champs et de passer deux jours sans manger, et avait achevé de s'exténuer; qu'enfin, le soir du second jour, se trouvant sur le pont d'où on lui avait dit qu'était tombé son père, et presque hors d'état d'aller plus loin, le désespoir l'avait pris, et qu'il s'était jeté dans l'eau. Paul, en écoutant ce récit, pensait : « Puisque j'ai sauvé celui-là, peut-être j'aurais pu sauver l'autre. » Mais il pensait ensuite : « Cependant si nous avions péri tous deux, mes enfants se seraient trouvés dans la même situation qu'André. » Il jouissait beaucoup de l'avoir sauvé, et se promettait, après ce nouvel essai de ses forces, de ne plus craindre l'eau et la grosseur de la rivière, puisque d'ailleurs ses enfants n'avaient plus besoin de lui.

Il ne put pourtant pas exécuter sa résolution; car le lendemain du jour où il avait sauvé André, il fut saisi d'une fièvre violente, avec des douleurs très-aiguës dans tout le corps. En sortant de la rivière.

occupé à soigner André, il n'avait pu se sécher, et même n'y avait pas pensé, en sorte que l'humidité qu'il avait gardée si longtemps, lui avait causé un rhumatisme goutteux. Le lendemain et le surlendemain, le mal alla en empirant; on désespéra de sa vie. Il avait des moments de délire où il se tourmentait pour ses enfants; mais quand il reprenait connaissance et qu'il pensait qu'il les avait tous établis, il paraissait vraiment heureux, malgré ses douleurs. André, qui commençait à reprendre de la force, le soignait avec zèle et pleurait à côté de son lit quand il le voyait plus mal. Paul ne mourut pas; mais il demeura sujet à des douleurs qui le privaient quelquefois entièrement de l'usage de ses membres. « Mon Dieu! disait-il quelquefois en pleurant, quand il se sentait pris par un bras ou par une jambe, si j'étais devenu comme cela avant d'avoir établi mes enfants! » André, qu'il avait gardé chez lui, et qui avait de bons sentiments et de l'intelligence, apprit son métier assez bien pour l'aider quand il pouvait travailler, et travailler sous sa direction quand il était malade. La boutique continua de prospérer, d'autant plus qu'on s'intéressait à Paul et à André; et Paul, quand il parlait du père d'André, disait . « Le pauvre homme! Dieu veuille avoir son âme! mais je suis bien sûr qu'il m'a pardonné, car il a bien vu que je n'avais pu faire autrement. »

M. de Flaumont se tut, et les enfants attendirent

un instant en silence pour voir si l'histoire était faic.

— Ah! dit ensuite Henri, avec un grand soupir, je suis bien aise de la fin de cette histoire.

CLÉMENTINE. — Oui, mais ce pauvre Paul qui est resté accablé de rhumatisme.

GUSTAVE. — Il est sûr que sa bonne action n'a pas été trop bien récompensée.

M. DE FLAUMONT. — Elle l'a été comme une bonne action doit s'attendre à l'être, par le sentiment d'avoir bien fait. C'est là la récompense qui lui revient, et qui est tout-à-fait indépendante des suites qu'elle peut avoir d'ailleurs.

CLÉMENTINE. — Cela fait pourtant de la peine de voir un honnête homme qui souffre pour avoir bien fait.

M. DE FLAUMONT. — Cela ferait plus de peine encore s'il avait mal fait. Aimerais-tu mieux qu'il n'eût pas sauvé André?

CLÉMENTINE. — Oh! non.

M. DE FLAUMONT. — Il aurait encore été possible que Paul en mourût. Dans ce cas-là même, aurait-on pu regretter qu'il se fût exposé pour sauver André?

HENRI, *vivement*. — Non certainement, on n'aurait pas pu le regretter.

M. DE FLAUMONT. — Cela vous prouve que la récompense est, comme je vous l'ai dit, tout-à-fait indépendante de l'action; car enfin, si un ouvrier faisait de l'ouvrage pour quelqu'un qui ne le paîrait pas, vous regretteriez qu'il eût fait cet ouvrage, parce que son salaire est la récompense naturelle de son travail, au lieu que vous ne regretterez jamais qu'un homme ait fait une bonne action, même quand elle lui aurait mal tourné, parce que vous sentirez toujours qu'il a été payé par son action même.

Au surplus, mes enfants, ajouta M. de Flaumont, ne croyez pas que la vertu soit toujours si difficile. Nos véritables devoirs sont assez ordinairement placés autour de nous, de manière que nous puissions les remplir sans de grands efforts. Mais cependant, comme il peut arriver que les efforts nous deviennent nécessaires, il faut s'être donné de quoi les soutenir. Il faut avoir préparé son âme à regarder le devoir comme aussi indispensable quand il est difficile que quand il ne l'est pas. Il faut en même temps avoir préparé son esprit à n'en point augmenter les difficultés, au point de le rendre impossible. Ainsi, il ne faut point s'exagérer un devoir, parce que cela ferait manquer à d'autres; mais, après s'être bien dit qu'il ne peut exister en même temps deux devoirs contraires, il faut, dans les cas difficiles, s'attacher au point le plus important, et regretter seulement sur le reste de ne pouvoir suivre ses sentiments, sans regarder comme un devoir ce qu'un autre devoir nous a empêchés de faire.

QUESTION DE MORALE.

—

PREMIER DIALOGUE.

M. DE FLAUMONT, HENRI, GUSTAVE ET CLÉMENTINE,
SES ENFANTS.

M. DE FLAUMONT. — Voulez-vous, mes enfants,
que je vous raconte deux histoires de voleurs que je
viens de lire dans un journal étranger?

LES ENFANTS. — Oh! oui, papa. Sont-elles bien
longues?

M. DE FLAUMONT. — Non; mais vous serez peut-
être bien embarrassés de m'en dire votre avis.

LES ENFANTS. — Comment, papa?

M. DE FLAUMONT. — Vous allez voir. Voici la première.

Une diligence anglaise, pleine de voyageurs, se
rendait à une grande ville. On parla beaucoup de
voleurs de grand chemin qui, sur cette route, arrê-
taient et dépouillaient souvent les voyageurs; on se
demanda comment on pouvait sauver de leurs mains
son argent. Chacun se vanta d'avoir pris ses mesu-
res et d'être en sûreté.

Une jeune femme imprudente, qui voulait sans

doute faire admirer son adresse, et qui ne songeait
pas que la franchise était là fort déplacée, dit :
« Quant à moi, je porte avec moi tout ce que je
possède; c'est un billet de deux cents livres sterling
(environ deux cents louis); je l'ai si bien caché que
certainement les voleurs ne le trouveront pas; il est
dans mon soulier, sous mon bas. »

Peu d'instants après survinrent des voleurs, qui
demandèrent aux voyageurs leur bourse : ils y trouvèrent si peu de chose qu'ils ne voulurent pas s'en
contenter, et déclarèrent d'un ton menaçant qu'ils
fouilleraient et maltraiteraient rudement les voyageurs, si on ne leur donnait pas sur-le-champ cent
livres sterling. Ils paraissaient prêts à exécuter leur
menace.

« Vous trouverez aisément le double de ce que
vous demandez, leur dit un vieil homme assis dans
le fond de la voiture, et qui, pendant toute la route,
n'avait rien dit ou n'avait parlé que par monosylla-
bes. Faites seulement quitter à Madame ses bas et
ses souliers. »

Les voleurs suivirent ce conseil, prirent le billet et
partirent.

Que dites-vous du vieil homme?

CLÉMENTINE. — Ah! papa, quelle méchanceté!

M. DE FLAUMONT. — Tous les voyageurs pensèrent comme vous. Ils l'accablèrent de reproches et
d'injures, et le menacèrent de le jeter par la por-

tière. Le chagrin de la jeune femme était au-delà de
tout ce qu'on peut dire. Le vieil homme fut insen-
sible aux injures, aux menaces, et s'excusa une seule
fois en disant que chacun devait d'abord penser à
soi.

Quand la diligence arriva le soir dans la ville, le
vieillard s'éloigna avant que personne eût pu lui faire
sentir son mécontentement. La jeune femme passa
une nuit affreuse. Quelle fut sa surprise lorsque, le
lendemain matin, on vint lui remettre quatre cents
livres sterling, un fort beau peigne, et la lettre que
voici :

« Madame,

» L'homme que vous détestiez hier avec raison,
» vous envoie la somme que vous avez perdue, des
» intérêts qui la doublent, et un peigne d'une valeur
» à peu près égale. Je suis désolé de la peine que
» j'ai été obligé de vous faire. Quelques mots vous
» expliqueront ma conduite. J'arrive des Indes, où
» j'ai passé dix années fort pénibles; ce que j'y ai
» gagné par mon travail se monte à trente mille
» livres sterling que j'avais hier en billets dans ma
» poche; si j'eusse été fouillé avec la sévérité dont
» on nous menaçait, je perdais tout. Que devais-je
» faire? Je ne pouvais m'exposer à être obligé de
» retourner aux Indes les mains vides. Votre fran-
» chise m'a fourni le moyen de me tirer d'embar-

» ras : aussi je vous prie de ne faire aucune atten-
» tion à ce petit présent, et de me croire à l'avenir
» tout dévoué à vous. »

GUSTAVE. — Ah! papa, la jeune femme n'avait
plus aucune raison de se plaindre, et le vieil homme
n'avait pas tort, puisqu'il lui a rendu bien plus qu'on
ne lui avait pris.

CLÉMENTINE. — Oui; mais à sa place j'aurais
beaucoup mieux aimé n'avoir pas le peigne, et
n'avoir pas été obligée de quitter mes souliers et
mes bas devant des voleurs.

GUSTAVE. — Oh! cela ne lui a pas fait grand
mal.

HENRI. — Mais, papa, si les voleurs, malgré leur
promesse, avaient sévèrement fouillé tout le monde,
et qu'ils eussent pris au vieil homme ses trente mille
livres sterling, il n'aurait pas pu rendre à la jeune
femme ses deux cents livres, et c'aurait pourtant
bien été lui qui les lui aurait fait perdre.

M. DE FLAUMONT. — Henri a raison : le vieil
homme faisait un mal certain sans avoir la même
certitude qu'il pourrait le réparer.

HENRI. — Certainement; on ne peut pas se fier à
la parole des voleurs.

GUSTAVE. — Mais aussi il était sûr que, s'il ne
faisait pas cela, on lui prendrait ses trente mille livres sterling.

M. DE FLAUMONT. — Il est vrai; mais crois-tu,

8

mon cher Gustave, qu'il soit permis, pour se sauver
d'un grand malheur, de causer à un autre un malheur aussi grand? car, enfin, la perte de deux cents
livres sterling était pour la jeune femme une aussi
grande perte que l'aurait été pour le vieil homme
celle de ses trente mille, puisque c'était là aussi
toute sa fortune.

GUSTAVE. — Oui, papa; mais il savait bien qu'il
les rendrait.

M. DE FLAUMONT. — Il le voulait, sans doute;
mais Henri t'a montré comment il était possible qu'il
ne pût faire ce qu'il voulait. D'autres accidents pouvaient encore l'en empêcher, s'il avait perdu son
portefeuille en route, s'il était mort subitement,
etc., etc.

CLÉMENTINE. —Mon Dieu, oui; et la jeune femme
n'aurait eu ni ses deux cents livres sterling, ni les
deux cents livres de plus, ni son beau peigne.

M. DE FLAUMONT. — Il livrait ainsi sa probité et
le sort de sa compagne de voyage aux chances d'un
avenir toujours incertain, le tout pour s'épargner un
malheur, très-grand à la vérité, mais dont la certitude ne lui donnait pas le droit de faire le malheur
d'un autre. C'est là la différence qu'il y a entre la
prudence et la vertu : la prudence commence par
songer à se tirer d'affaire, et croit avoir assez fait
quand elle s'est promis de réparer le mal qu'elle a
fait à autrui; la vertu ne se contente pas de l'espé-

rance de réparer un jour ce mal; elle ne le fait pas,
et se trouve ainsi plus souvent malheureuse, mais
toujours plus tranquille : aussi la vertu peut seule
ne pas redouter l'avenir. C'est en faisant le mal,
même dans l'idée qu'il pourra devenir un bien, ou
avec la ferme volonté de le réparer, que les hommes
se jettent dans des embarras et souvent dans des fautes dont ensuite rien ne peut les tirer. On ne peut se
flatter, quelque prudent que l'on soit, d'avoir prévu
toutes les chances, et de s'être arrangé de manière
à ce qu'aucune ne soit fâcheuse, tandis qu'en s'imposant la loi d'être d'abord vertueux, on acquiert la
certitude qu'on doive se reprocher ensuite comme
en ayant été la cause volontaire.

GUSTAVE. — Mais, papa, que fallait-il donc faire ?

M. DE FLAUMONT. — Je n'en sais rien; tout ce dont
je suis sûr, c'est qu'il ne fallait pas commencer par
faire ce qu'a fait notre vieillard. Tu verras un jour
par toi-même combien il arrive de malheurs dans ce
monde par la fausse idée qu'ont si souvent les hommes qu'ils pourront arranger et diriger les événe-
ments au gré de leurs desseins; ils règlent leur conduite dans cette espérance, et ensuite les événe-
ments se multiplient, s'embarrassent tellement, arrivent d'une manière si imprévue, qu'ils voient
échouer fort souvent leurs projets, et toujours leur
vertu, qu'alors ils ne peuvent plus rattraper. Il faut,
au contraire, assurer d'abord sa vertu, et après tirer,

aussi bien qu'on peut, parti des circonstances. Qui sait, d'ailleurs, toutes les ressources que peut trouver un homme fermement décidé à ne rien faire contre sa conscience? Il est fort commode, sans doute, de prendre le premier moyen qui se présente à l'esprit; mais est-on bien sûr que ce soit là le seul, et qu'en se donnant un peu plus de peine on n'en trouverait pas un autre aussi efficace et plus honnête? Qu'après être resté vertueux, on soit ingénieux et actif, on sortira presque toujours d'embarras. Si tous les gens ruinés se faisaient voleurs, ce serait, sans contredit, la voie la plus facile et la plus prompte pour refaire fortune : c'est cependant un parti que ne prennent pas les honnêtes gens, et dans la nécessité de chercher d'autres ressources, ils manquent rarement d'en découvrir. Je ne vois pas trop, dans ce moment-ci, de quoi notre vieil homme aurait pu s'aviser pour sauver ses trente mille livres sterling; mais peut-être, s'il ne se fût pas arrêté tout de suite à l'idée de dénoncer la jeune femme, lui serait-il venu dans l'esprit quelque autre expédient, et cela aurait beaucoup mieux valu.

GUSTAVE. — J'en conviens, papa; mais vous nous avez promis une autre histoire.

M. DE FLAUMONT. — La voici. Vous allez voir que, s'il ne faut pas faire un mal qu'on n'est jamais sûr de pouvoir réparer, on ne doit pas non plus faire le mal, même dans une bonne intention.

Un grand seigneur anglais se rendait de Londres dans une de ses terres, lorsqu'il fut arrêté dans un petit bois par six voleurs. Deux d'entre eux saisirent le cocher; deux autres s'emparèrent de son laquais; et les deux derniers, se plaçant aux deux portières de la voiture, mirent au lord le pistolet sur la gorge.

« Votre portefeuille, milord, » lui dit un des voleurs, qui avait une figure épouvantable.

Le lord tira de sa poche une bourse assez pesante, et la donna au voleur; celui-ci examina le poids de la bourse et n'en parut pas satisfait. « De grâce, votre portefeuille, milord? » et il arma son pistolet.

Le lord remit tranquillement son portefeuille, le voleur l'ouvrit, et, pendant ce temps, le lord examina sa figure. Il n'avait jamais vu des yeux si petits et si perçants, un nez si long, des joues si creuses, une bouche si large, un menton si avancé.

Le voleur prit quelques papiers dans le portefeuille, et le lui rendit ensuite. « Bon voyage, milord; » et il s'éloigna rapidement avec ses compagnons.

Le lord, arrivé chez lui, examina son portefeuille pour voir ce qu'on y avait pris; il trouva qu'on avait ôté des billets pour deux mille cinq cents livres sterling (envion soixante mille francs) et qu'on y avait laissé cinq cents livres sterling. Il s'en félicita, et dit à ses amis qu'il donnerait encore volontiers cent li-

vres pour qu'ils eussent vu le drôle. Jamais voleur
de grand chemin n'avait eu une figure si bien appropriée à son métier.

Le lord oublia bientôt cette perte, et ne pensait
pas du tout à cet accident, lorsque, quelques années
après, il reçut la lettre suivante :

    « Milord,

» Je suis un pauvre juif. Le prince dans les états
» duquel je vivais nous dépouilla de tout. Je me ren-
» dis, avec cinq autres juifs, en Angleterre, pour
» sauver au moins ma vie. Je fus malade sur mer,
» et le bâtiment qui nous passait fit naufrage près de
» la côte.

    » Un homme que je ne connaissais point était sur
» le rivage ; il se jeta à la mer et me sauva au péril
» de sa vie. Ce n'est pas tout ; il m'amena dans sa
» maison, appela un médecin, me fit soigner jusqu'à
» ce que je fusse guéri, et ne me demanda rien. Cet
» homme était un fabricant de laine qui avait douze
» enfants.

    » Quelque temps après, je le trouvai fort triste.
» Les troubles d'Amérique avaient éclaté, et les
» négociants américains avec qui il faisait des
» affaires avaient été d'assez mauvaise foi pour pro-
» fiter des circonstances et ne pas le payer. Dans un
» mois, me dit-il, je serai complètement ruiné, parce

» qu'il doit m'arriver des traites que je suis hors
» d'état d'acquitter.

» Son chagrin me désespéra : je pris un parti vio-
» lent. Je lui dois la vie, me dis-je, je la lui sacri-
» fierai. Avec les cinq juifs qui m'avaient suivi en
» Angleterre, je me plaçai sur la grande route : vous
» savez ce qui est arrivé. J'envoyai à l'homme dont
» je vous ai parlé l'argent que je vous avais pris, et
» je le sauvai pour cette fois. Mais ses créanciers ne
» le payèrent pas dans la suite : il est mort il y a
» huit jours, sans avoir acquitté toutes ses dettes.

» Le même jour, je gagnai à la loterie quatre mille
» livres sterling. Je vous renvoie ce que je vous ai
» volé, avec les intérêts. Faites passer les mille li-
» vres qui restent à la malheureuse famille du fa-
» bricant (il avait indiqué, au bas de sa lettre, l'en-
» droit où elle demeurait), et informez-vous auprès
» d'elle d'un pauvre juif qui a été si généreusement
» sauvé et reçu par elle.

» P. S. Je vous jure que, lorsque nous vous atta-
» quâmes, aucun de nos pistolets n'était chargé,
» et qu'aucun de nos coutelas ne devait sortir du
» fourreau.

» Épargnez-vous toute recherche. Quand cette
» lettre vous arrivera, je serai de nouveau sur mer.
» Que Dieu vous conserve ! »

Le lord prit des informations, et trouva que le
juif avait dit vrai en tout. Il prit soin, dès-lors, de la

famille du fabricant. « Je donne cent livres, répétait-il souvent, à celui qui m'apprendra la mort de
mon épouvantable juif, et mille livres à celui qui me
l'amènera vivant. »

HENRI. — Pourquoi donc désirait-il sa mort,
papa?

M. DE FLAUMONT. — C'est que ce juif était véritablement un homme dangereux pour la société. Un
homme capable de se porter à de telles actions,
même par des motifs généreux, est toujours un
homme à craindre. La sûreté et le bonheur de la
société reposent sur la soumission et le respect dus
aux lois qui y maintiennent l'ordre en garantissant
la personne et la propriété de tous. Les lois ne peuvent entrer dans l'examen des motifs qui engagent
un individu à attenter à la personne et à la propriété
d'un autre. En pareils cas, elles ne jugent et punis-
sent que le fait. Si le lord avait été juge et qu'on eût
amené le juif devant son tribunal, il n'aurait pu,
quand il aurait su toute l'histoire, se dispenser de le
condamner à la peine prescrite par la loi, sauf à tâcher ensuite d'obtenir sa grâce du souverain.

GUSTAVE. — Le juif n'avait cependant pas chargé
ses pistolets; il ne voulait pas tuer.

M. DE FLAUMONT. — Aussi aurait-on dû le condamner à une peine moins grave que celle qu'on
inflige aux assassins, mais il n'en avait pas moins
volé.

CLÉMENTINE. — Oui, mais c'était pour sauver la vie à son bienfaiteur; il exposait la sienne par reconnaissance; c'était assurément un grand sacrifice : il n'aurait pas volé pour autre chose.

M. DE FLAUMONT. — Aussi ce juif était-il sans doute susceptible de sentiments très-généreux et d'un beau dévouement : cela doit entrer pour beaucoup dans l'opinion que nous nous formons de lui; cela lui aurait probablement fait obtenir sa grâce; on aurait du moins fort adouci sa peine. Mais en morale, et pour l'intérêt de la société, la justesse et la fermeté des principes sont encore plus nécessaires que la générosité des sentiments. On ne saurait donner à chacun la liberté de prendre tous les moyens qui lui plaisent pour satisfaire ses sentiments et déployer sa générosité. La vertu est même soumise, dans le monde, à des lois dont la sagesse reconnue, l'avantage incontestable, lui marquent la route dans laquelle elle doit s'exercer et les barrières qu'elle ne doit pas franchir. Ainsi, dans la conduite de notre juif, tout ce qui a précédé et suivi son action, quelques-unes des circonstances de cette action même, étaient louables; il ne voulait que sauver son bienfaiteur; il ne prit que ce qu'il avait besoin de prendre; il ne garda rien pour lui; il remboursa scrupuleusement la somme et les intérêts; il ne se réserva même rien sur ce qu'il avait gagné à la loterie, puisque, après avoir rendu au lord ses deux mille cinq cents livres sterling, il donna le reste aux enfants du fabricant. Tout cela est fort bien, fort désintéressé, mais tout cela n'empêche pas que l'action même ne fût blâmable; et c'est ce qui arrive souvent quand on se laisse gouverner par ses sentiments, fussent-ils toujours bons, au lieu de régler sa conduite d'après les principes inébranlables qui gênent quelquefois les sentiments, mais qui assurent toujours la vertu.

HENRI. — Cependant, papa, le lord promettait davantage à celui qui lui amènerait le juif vivant qu'à celui qui lui annoncerait sa mort.

M. DE FLAUMONT. — C'est qu'il savait bien qu'un homme capable de sentiments si forts et si dévoués était un homme à qui il ne manquait, pour être tout-à-fait vertueux et d'une vertu très-distinguée, que des principes plus fermes et une situation moins embarrassante. Il se promettait sans doute de lui faire sentir que, s'il est beau de sacrifier sa vie à la reconnaissance, ce sacrifice ne doit jamais coûter celui de l'honnêteté. Il voulait peut-être aussi se l'attacher, lui donner de l'aisance, le mettre enfin à l'abri de ces positions difficiles où la générosité des sentiments trompe si aisément sur la nature des devoirs. La générosité peut faire aller plus loin que le devoir, mais il faut que ce soit toujours en droite ligne, et elle ne doit jamais en faire écarter ou négliger aucun.

DEUXIÈME DIALOGUE.

CAROLINE, MADAME DE BOISSY, *travaillant.*

Mme DE BOISSY. — Caroline, avais-tu besoin de cette ceinture que tu t'es fait donner tantôt par ton oncle, en lui demandant de te prêter de l'argent pour l'acheter?

CAROLINE. — Je suis toujours bien aise de l'avoir, maman, puisqu'elle ne me coûte rien.

Mme DE BOISSY. — Tu savais donc que ton oncle t'en ferait présent?

CAROLINE. — Maman, je ne lui ai demandé que de me prêter de l'argent.

Mme DE BOISSY. — Je le sais bien, mais comptais-tu le lui rendre?

CAROLINE. — Certainement, s'il l'avait voulu.

Mme DE BOISSY. — Mais croyais-tu qu'il le voulût?

CAROLINE *embarrassée.* — Maman, je ne sais pas.

Mme DE BOISSY. — Dis-moi franchement, quand tu as demandé à ton oncle de te prêter de l'argent pour acheter cette ceinture dont tu n'avais pas besoin, et que tu n'aurais probablement pas achetée si tu eusses été seule, ne savais-tu pas que c'était un moyen de te la faire donner?

CAROLINE. — Mon Dieu, maman, vous me faites examiner ma conscience comme si c'était pour aller à confesse.

Mme DE BOISSY. — C'est toujours ainsi qu'il faut l'examiner, ma fille.

CAROLINE. — Oui, quand on a fait quelque mal.

Mme DE BOISSY. — Ou pour savoir si l'on en a fait.

CAROLINE *troublée.* — Mais quel mal puis-je donc avoir fait? Mon oncle était bien le maître, et il était assurément bien vrai que je n'avais pas d'argent dans mon sac.

Mme DE BOISSY. — Il y a pourtant une chose qui n'est pas vraie et que tu voulais lui faire croire, c'est que tu avais réellement l'intention d'acheter cette ceinture de ton argent.

CAROLINE *toujours embarrassée.* — Mais, maman, mes intentions ne font rien à personne.

Mme DE BOISSY. — Apparemment que tu crains qu'elles ne fassent quelque chose, puisque tu les caches. Tu n'aurais pas voulu que ton oncle te devinât; ainsi, quand tu avais une pensée, tu tâchais qu'il t'en crût une autre. Tu ne lui aurais pas demandé ce ruban, parce que tu sais qu'on ne peut recevoir que quand les autres ont autant de plaisir à nous faire un présent que nous à le recevoir, et alors ils y penseront tout aussitôt que nous : tu as donc voulu laisser croire à ton oncle que tu avais la délicatesse de ne pas désirer un présent qu'il ne pensait pas à te faire, et en même temps tu cherchais un moyen détourné de l'y faire penser. Tu t'es arrangée pour obtenir à la fois et l'estime que mérite la délicatesse, et le présent qu'il aurait fallu sacrifie rpour la mériter. Il est clair que l'un ou l'autre ne t'appartient pas et que tu as volé dans le marché.

CAROLINE *choquée*. — Ah! maman, on ne vole que quand on fait tort à quelqu'un, et je n'ai fait tort à personne.

Mme DE BOISSY. — Tu as extorqué à ton oncle un présent qu'il ne voulait peut-être faire qu'à une personne qu'il croyait incapable de subterfuges. Tu as trompé l'intention qu'il avait de te faire un plaisir auquel tu ne t'attendais pas.

CAROLINE. — Il ne peut pas le savoir; ainsi son plaisir à lui n'en sera pas moins grand.

Mme DE BOISSY. — Caroline, croirais-tu ne pas voler, si tu prenais de l'argent dans les coffres d'un homme riche qui ne s'en sert pas et n'en sait pas le compte? Si tu ne lui fais pas à lui-même un tort qu'il puisse sentir, tu le fais à ceux à qui cet argent doit revenir un jour après lui, et qui n'auront pas la même indifférence. De même, si tu ne fais pas un tort positif à ton oncle en usurpant une estime qu'il ne te doit pas, tu le fais au moins à ceux auxquels il pourra t'égaler dans son estime, ou bien qu'il mettra au-dessous de toi : car, ou tu partageras avec eux une estime que tu ne mérites pas, et qui est toujours plus flatteuse quand on l'obtient seul, ou tu diminueras la consolation qu'ils auraient de trouver un exemple de plus pour les excuser. Mets-toi bien dans la tête qu'on ne trompe jamais sans faire tort à quelqu'un, et qu'il n'y a pas de profit injuste qui ne soit pris sur le prochain.

CAROLINE. — En vérité, maman, celui-là est si petit !

Mᵐᵉ DE BOISSY. — L'occasion est peu de chose, mais le principe est le même, et tu ne voudrais pas plus voler des aiguilles que des diamants. D'ailleurs, mon enfant, la chose qu'on prend la peine de dérober, il faut bien qu'on y mette quelque prix, qu'on y trouve quelque avantage; et qui peut vouloir d'un avantage qu'il n'a pas mérité? Écoute, Caroline, tu commences à devenir grande; il faut que tu saches tout ce qu'on doit, à soi-même et aux autres, de droiture et de probité dans les plus petites choses, combien il est humiliant d'avoir envie de tromper les autres, ou de croire qu'on en a besoin.

CAROLINE. — Maman, je n'ai jamais eu envie de tromper personne, je vous assure.

Mᵐᵉ DE BOISSY. — Je crois bien qu'on ne se dit pas : *je veux tromper*; on aurait horreur de soi-même; mais sans dire des choses absolument fausses, on passe sa vie à tâcher d'en faire croire aux autres qui ne sont pas vraies. Si l'on a froid, si l'on a chaud, si l'on est fatiguée, on se récrie sur ce que l'on souffre, on l'exagère pour attirer leur attention, pour qu'ils vous plaignent, ou du moins qu'ils pensent à vous. On rit plus fort qu'on n'eu a envie, pour faire penser qu'on est bien gaie. On s'approche d'une glace, et l'on dit : *comme le soleil m'a déjà noircie!* pour qu'on vous réponde qu'il n'y paraît pas, et qu'on vous fasse un compliment sur votre teint. On se plaint d'une robe qui va mal, on dit : *comme je suis fagotée aujourd'hui!* parce qu'on espère trouver quelque flagorneur qui vous dira que tout vous sied. On exprime un bon sentiment pour en obtenir des éloges.

CAROLINE. — Mais, maman, si le sentiment est vrai?

Mᵐᵉ DE BOISSY. — Ma fille, il y a toujours de la fausseté dans la manière dont on s'y prend pour en obtenir des éloges; car les bons sentiments ne sont pas destinés à nous faire louer, mais à nous faire bien agir. On ne les estime que quand ils remplissent leur destination. On n'estimera pas la bienfaisance d'une personne qui ne fait le bien que pour obtenir des éloges, ni les sentiments fraternels de celle qui cherche uniquement, en les montrant, à être louée de son attachement pour ses frères et ses sœurs. Aussi, en exprimant ses sentiments pour être louée, on s'appliquera avec grand soin à faire croire qu'on n'en parle pas dans cette intention. Alors, si l'on obtient la louange, il est clair qu'on l'aura volée.

CAROLINE. — Mais il faudra donc veiller sur tous ses mouvements, car ces choses-là pourront échapper sans qu'on y pense.

Mᵐᵉ DE BOISSY. — Il suffira, pour qu'elles n'échappent pas, de penser une bonne fois à deux ou trois choses : d'abord, que c'est marquer bien peu d'estime et de considération pour soi-même que de consentir à tromper les autres, pour qu'ils veuillent bien faire attention à vous; ensuite, que l'on se met vis-à-vis d'eux dans une position bien humiliante, en quêtant un éloge ou un compliment, ou une marque d'attention qu'ils ne vous accordent le plus souvent que par pure politesse, ou pour vous faire plaisir, comme on donne un sou au pauvre qui demande dans la rue; enfin que ces sortes de ruses, quand elles sont découvertes (et elles le sont plus souvent qu'on ne croit), peuvent couvrir de ridicule ou même de honte, et que la plus petite fausseté fait toujours courir un risque bien plus grand que le plaisir qu'elle procure. Dis-moi si la ceinture te fera jamais un plaisir égal au chagrin que tu aurais, si ton oncle venait à découvrir le subterfuge dont tu t'es servi pour te la faire donner ?

CAROLINE. — Ah ! maman, vous êtes parvenue à

me la faire prendre en aversion. Je ne la regarderai seulement plus.

M**me** DE BOISSY. — Tu as tort, ma fille; il faut la regarder et y penser, pour qu'elle te rappelle la nécessité d'agir toujours avec droiture.

———

TROISIÈME DIALOGUE.

M. DE BONNEL, AUGUSTE, *son fils.*

M. DE BONNEL. — Auguste, vous avez rendu, j'espère, à Georget, comme je vous l'avais dit, ce *diable* que vous lui aviez pris.

AUGUSTE, *avec un ton d'humeur.* — Il a bien fallu le rendre, puisque vous le vouliez; mais je ne l'avais pas pris, je le payais bien ce qu'il avait coûté : si Georget s'est entêté à ne pas vouloir de l'argent, c'est sa faute.

M. DE BONNEL. — Il ne voulait pas de votre argent et voulait garder son *diable;* vous n'aviez pas le droit de le forcer à ce marché.

AUGUSTE. — J'ai bien le droit de faire faire ma volonté à Georget.

M. DE BONNEL. — Et d'où vient ce droit?

AUGUSTE. — Son père, Antoine, est votre domestique.

M. DE BONNEL. — Et c'est une raison pour que Georget n'ait pas de volontés à lui?

AUGUSTE. — Non, mais c'est une raison pour qu'il me cède; et la preuve qu'il sait bien qu'il faut que cela soit ainsi, c'est qu'il me cède toujours. Aujourd'hui, quoiqu'il ne voulût pas me vendre son *diable*, il ne s'est pas avisé de m'empêcher de le prendre; et si ce n'avait été vous, il ne me l'aurait certainement pas repris.

M. DE BONNEL. — Eh bien! ce qu'il y a de singulier, c'est qu'il va penser tout autrement, et que dorénavant il sera obligé de vous résister.

AUGUSTE. — Je voudrais bien voir cela.

M. DE BONNEL. — Vous en aurez le plaisir. Antoine avait défendu à son fils d'user de sa force envers vous, de peur qu'il ne vous fît mal; je viens de déclarer à Antoine que, s'il ne lui ordonnait pas, quand vous le tourmenterez, de se défendre contre vous comme contre un de ses camarades, Georget ne viendrait plus ici. Vous verrez à présent si son devoir est de vous ménager, et si c'est par respect pour vous qu'il vous a cédé jusqu'ici.

AUGUSTE. — Ce sera une belle chose, que Georget me traite comme un de ses camarades!

M. DE BONNEL. — Vous n'aurez qu'à ne pas vous familiariser avec lui.

AUGUSTE. — Ce n'est pas me familiariser que de vouloir qu'il fasse ce qui me plait.

M. DE BONNEL. — Quand vous n'avez pas le droit de l'exiger, vous ne pouvez l'obtenir que de sa complaisance, par des prières, comme on en fait à son égal, ou par la force, qu'il repoussera à coups de poing, ce qui est la plus grande familiarité que je connaisse.

AUGUSTE. — Enfin, Georget est destiné à être mon domestique un jour; il me l'a dit cent fois; il faudra bien qu'alors il soit soumis et respectueux.

M. DE BONNEL. — Il ne sera soumis que dans les choses sur lesquelles il sera convenu de vous obéir; il ne sera respectueux que tant que vous ne manquerez pas à ce que vous lui devez. Un domestique convient d'obéir dans tout ce qui regarde le service de son maître, sans lui faire tort à lui-même. Ainsi, si un maître ordonnait à son domestique de s'aller battre pour lui ou de lui donner l'argent de ses économies, le domestique ne serait plus obligé à la soumission.

AUGUSTE. — On ne demande pas à son domestique de ces choses-là.

M. DE BONNEL. — Il est tout aussi injuste et tout aussi ridicule de lui demander de travailler et de courir pour vous jusqu'à se faire mal, ou bien de l'obliger de vous donner ce qui lui appartient à un prix qui ne lui convient pas. Si vous voulez le contraindre par la force à une chose qu'il ne veut pas, alors il perd le respect, il vous résiste comme il peut, et il en a le droit, car il n'est convenu d'obéir qu'à vos ordres; il n'a consenti à courir d'autres risques, s'il désobéit, que celui d'être réprimandé ou renvoyé. Si vous allez plus loin, vous manquez aux conventions, et les injures n'en sont pas plus que les coups; elles dégagent également un domestique de tout devoir.

AUGUSTE. — Il y a pourtant des domestiques qui restent dans le devoir, quoique leur maître les excède d'ouvrage, ou les traite fort mal. J'ai vu mon cousin Armand dire je ne sais combien d'injures à son jockei Jack, et même le menacer de son fouet, parce qu'il sanglait mal un cheval. Jack continuait sa besogne sans rien répondre, parce qu'il savait qu'il était bien obligé de le supporter.

M. DE BONNEL. — Que serait-il arrivé à Jack si, comme son maître le méritait, il lui eût répondu quelque impertinence?

AUGUSTE. — Qu'Armand l'aurait mis à la porte et ne lui aurait pas donné de certificat; de façon qu'il n'aurait pas pu trouver une autre condition.

M. DE BONNEL. — Ainsi les maîtres ont les moyens de maltraiter leurs domestiques tant qu'ils veulent, et si tous les maîtres prenaient ce parti-là, tous les domestiques seraient obligés de le supporter.

AUGUSTE. — Il le faudrait bien.

M. DE BONNEL. — Mais si tous les domestiques se mettaient dans la tête de résister à leurs maîtres, il faudrait donc aussi que les maîtres le supportassent, ou qu'ils se passassent de domestiques?

AUGUSTE. — C'est ce qui n'arrivera pas.

M. DE BONNEL. — C'est ce qui arriverait si le service devenait si intolérable que les domestiques fussent trop malheureux de servir, et par conséquent n'eussent pas d'intérêt à ménager leurs maîtres. Mais les maîtres et les domestiques, ayant besoin les uns des autres, ont senti qu'il était de leur avantage, aux uns d'être bons, aux autres d'être soumis et respectueux : c'est donc parce qu'il y a beaucoup de bons maîtres qu'il leur est avantageux de servir, que les domestiques servent respectueusement même les mauvais. Ainsi, celui qui abuse de ce respect est un lâche qui profite de ce que d'autres font bien pour faire mal impunément, en se mettant à couvert derrière eux.

FIN.

TABLE.

FIN DE LA TABLE.

Limoges. — Imp. E. Ardant et Cie.

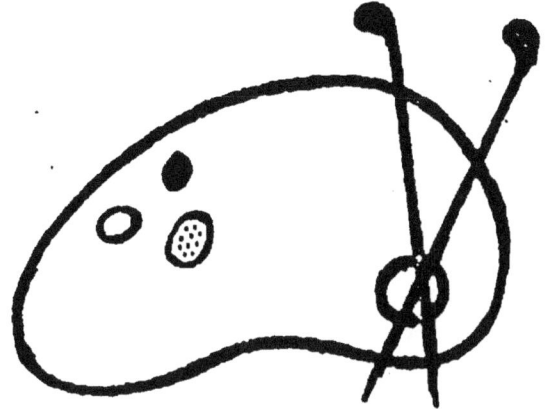

Original en couleur

NF Z 43-120-8

www.ingramcontent.com/pod-product-compliance
Lightning Source LLC
Chambersburg PA
CBHW070844030726
47504CB00005B/1212